Cabo da Roca

Von Katharina Kraemer

Über das Buch:

Katharina beginnt nach der Trennung von ihrem gewalttätigen Ehemann im Norden Portugals ein neues Leben. Es soll eine gänzlich unerwartete Wendung nehmen. Ein zufälliger Besuch aus der »alten Heimat« löst in ihr erste homoerotische Empfindungen aus.

Die Begegnung mit einer Matrone am Cabo da Roca bringt es auf den Punkt: Es ist gleichgültig, wen du liebst, wenn du es mit ganzem Herzen tust. Das Zusammentreffen mit einer »reiferen Lesbe« weckt nicht nur erotische Fantasien.

»Du musst für dich herausfinden, was du denkst und fühlst. Ich habe es dir gleich angesehen, nur musstest du es ansprechen.« - »Wie kann man das sehen? Ich habe kein Schild um.«
Am Ende stehen das innere und das äußere Coming-out.

Über die Autorin:

Geboren 1964, aufgewachsen am Niederrhein, lebt die Autorin heute mit ihrer Lebenspartnerin und zwei Hunden im Süden Ungarns. Eine Vielzahl an Geschichten ist entstanden, mal nachdenklich, mal humorvoll. Einige ihrer Kurzgeschichten und Gedichte wurden »für gute Zwecke« in Anthologien in Deutschland und Österreich sowie in Literaturzeitschriften abgedruckt. Wichtigste Veröffentlichungen:

»Ein kurzer Blick – Geschichten aus dem Karpatenbogen«, der Wunderwaldverlag, Anthologie Oktober 2015 (inzwischen eingestellt). »Der geschenkte Tag«, Anthologie von Verlag 3.0, Februar 2016, ist die bislang letzte Veröffentlichung in einer Anthologie.

Die Fertigstellung eines weiteren Romans (Biografie eines transsexuellen Lebens) ist für Ende 2016 vorgesehen.

Cabo da Roca

Fels der Entscheidung

© 2016 Copyrights by Katharina Kraemer
https://katharinakraemer1.wordpress.com/
Herstellung und Verlag:
BoD – Books on Demand, Norderstedt
ISBN 978-3-7412-0821-8
Bibliografische Information der Deutschen Nationalbibliothek:
Die Deutsche Nationalbibliothek verzeichnet diese Publikation in der Deutschen Nationalbibliografie; detaillierte bibliografische Daten sind im Internet über www.dnb.de abrufbar.
Cover: Thorsten Jurai, http://www.tomjay.de/
Korrektorat: Petra Steuer
Technische Hilfe: Marlies Hanelt, ma-hanelt@t-online.de

Das Haus unter den Pinien

Jahrelang lag das Haus verlassen an die steilen Felsen der Costa Verde gelehnt. Trotz der an die Klippen brandende See strich der Wind sanft über die alten Mauern des Hauses und verlor sich in den knorrigen Pinien oberhalb der felsigen Bucht.

Der Atlantik breitete sich majestätisch vor mir aus, als ich das erste Mal in der Bucht stand. Damals hatte ich mir in bunten Farben ausgemalt, hier meinen Lebenstraum zu verwirklichen: vom Schreiben zu leben. Wie gern wollte ich mit gezücktem Stift und frei dahinschweifenden Gedanken dasitzen, unabhängig und doch gefördert von einem vermögenden Mäzen.

Irgendwann bleibe ich hier, schwor ich.

»Wer verirrt sich schon hierher? Niemand«, meinten sie, als ich den Vertrag unterschrieb. Ich schüttelte den Kopf: »Niemand ist nicht richtig. Ich habe, was ich wollte.«

Mich hielt nichts mehr. Ich packte meine Koffer und zog hierher. Trotz der unsicheren Aussichten, denn meine Zukunft – beruflich wie privat – lag hinter dem silbrig schimmernden Horizont verborgen. Skeptisches Kopfschütteln meiner Familie begleitete mich und meine wenigen Habseligkeiten zum Umzugsauto.

»Ich denke, es muss sein. Allemal besser, als das Gewesene. Es ist doch egal, wie und wo auf der Welt ich lebe. Und für mich selbst mag es auch inspirierend sein.«

Weit weg von all den belastenden Geschehnissen der Vergangenheit begann mein neues Leben.

»Es findet sich. Vielleicht.«

Das nächste Dorf war wenige Kilometer die Küste entlang in einer Lagune, in der ein gutes Dutzend Kutter vor Anker lagen. Ein Laden, eine Post und eine Bierbar und wenige Dutzend Häuser, vor denen die Fischer ihre Netze oder auch den Kabeljau zum Trocknen aufhängten. Die Frauen verkauften auf dem Markt der nächsten Stadt oder an eine Konservenfabrik, was die Männer nachts gefangen hatten.

Ab und zu hörte man einen Hund anschlagen oder das Kikeriki eines Hahnes. Die Jugend kehrte ihrem Dorf früher oder später den Rücken und kam nur wenige Male im Jahr zu Besuch, oder sie kehrten gar nicht mehr zurück. Den Gedanken, dass sich hier Tourismus wie in anderen Regionen etablierte, der die Menschen festgehalten aber zugleich auch Unruhe gebracht hätte, fand ich eine traurige Vision. Wer wusste denn, was die nächsten Jahre brachten.

Santa, meine alte Schäferhündin, war meine einzige Gesellschaft. Sie lag mir zu Füßen und hörte aufmerksam zu, was ich ihr aus den Skripten vorlas. Besonders bei witzigen Szenen, die ich ihr wie ein Schauspiel präsentierte, schien sie ganz Ohr. Manchmal verzog sie die Lefzen zu einem schiefen Grinsen. In ihrem Fell entdeckte ich schon den einen oder anderen Silberfaden. Wie lange würde sie mich noch begleiten? Bisweilen hatte Santa Glück und schleppte einen toten Hasen an. Ich lobte sie nicht ganz freiwillig, lag es doch an mir, den Kadaver zu entsorgen. Es schien ihre Art, um meine Anerkennung und Liebe zu werben.

Heute hatte sie gottlob weniger Glück bei ihrer ‚Jagd' gehabt. Sie verzog sich beleidigt. »Morgen ist auch noch ein Tag. Vielleicht hast du dann mehr Glück.«

Die Tage hatten ihren eigenen Lauf, wie Ebbe und Flut, nur zuweilen eintönig. Aber ich liebte mein Leben und meine Freiheit. Die hatte ich nicht nur in meiner kurzen Ehe schmerzlich vermisst. Diese Zeit lastete schwer auf

meiner Seele, trotzdem war ich von ihrem plötzlichen Ende überrascht worden. »Lieber ein Ende mit Schrecken, als ein Schrecken ohne Ende. Besser jetzt als nach zwanzig Jahren.« Der Anwalt mochte ja Recht haben, doch je länger sich das Verfahren zog, desto weniger Abstand bekam ich. Die Scheidung war noch nicht einmal eingereicht. Aber das war nicht mein Problem, er hatte die Trennung herbeigeführt, jetzt sollte er sehen, wie er zurechtkam. Mir wäre ein kurzer Prozess lieber gewesen. Allein um vergessen und neu beginnen zu können. Andererseits verschaffte mir der Unterhalt eine gewisse Verschnaufpause – beruflich wie privat.
Meine eigene Zukunft lag hinter dem dunstigen Nebelstreif am Horizont. Lockte dort vielleicht das Glück? Würde ich einmal ein eigenes Buch in der Hand halten, auf das ich stolz sein konnte, weil jedes Wort von mir selbst erdacht war? Es gab so viele Fragen, auf die ich bisher keine Antwort gefunden hatte. Würde ich hier Klarheit finden? Ich ersehnte es.

Der Schotterweg bog vom Haus den Hang hinauf auf eine lang gezogenen Landstraße. Eine frische Brise zog vom Meer herüber. Die Sonne zauberte beeindruckende Farben in die Landschaft. Weit und breit war nichts weiter als Wiesen, Felder, Pinienwälder und Eukalyptushaine, die gerade zu dieser Zeit ihren würzigen Geruch verbreiteten. Das Meer glitzerte im Widerschein der Sonne, die von einem blank geputzten Himmel strahlte. Noch vor wenigen Tagen hatten schwere Gewitterwolken scheinbar alle Farbe verdrängt, heute leuchtete es hell und freundlich. Die warme salzige Brise wiegte farbenfrohe Blüten und dunkelgrünen Blätter sacht hin und her.

Wie jede Woche wollte ich meine Vorräte auffüllen und nach Post sehen. Nur selten zog es mich nach Porto. Aber wenn erst die Autobahn fertig wäre, konnte ich in wenigen Stunden dort sein. In meinem Dorf, wie ich es liebevoll nannte, bekam ich fast alles, was ich zum Leben brauchte. Manchmal trafen mich misstrauische Blicke. Wen zog es schon hierher, wo andere ihre Zelte abbrachen? Doch inzwischen hatte ich mich mit ein paar Einheimischen angefreundet.

Altmodische Einöde, spotteten die Städter.

Im Verkaufsraum stapelten sich Garnrollen für die Netze, Ballen von Segeltuch, Kanister mit Öl und was die Fischer noch benötigten. Konservendosen, Säcke mit Mehl und sonstigen Grundnahrungsmitteln, Töpfe und Pfannen. Auf dem Tresen standen große Glasbehälter mit Süßigkeiten für die Kinder.

Santa sprang aus dem Wagen und verschwand im Laden; sie bekam vom Besitzer immer einen Leckerbissen zugesteckt, den sie sich selten entgehen ließ. Ich zog den Einkaufszettel aus der Tasche. »Ich muss nachher noch Geld holen, damit ich dich Halsabschneider überhaupt bezahlen kann.«

Pedro hob entschuldigend die Schultern. »Irgendwie muss ich ja meine Familie ernähren.«

»Aber doch nicht von dem Bisschen, das ich mitnehme! Bis nachher.«

Draußen war es so unerträglich heiß, dass man sich kaum zu atmen traute. Ich ging hinüber zur Post. Hinter dem niedrigen Tresen standen ein Schreibtisch und ein Regal mit Postsäcken, Paketschachteln und Kladden mit Briefmarken und der Tresor.

»Heute habe ich was für dich.« Sancho reichte mir einen dicken Umschlag. Er war früher Buchhalter gewesen, doch nun führte er hier die Post, mit grauem Haar und schwarzen Ärmelschonern.

»Sancho, gib mir bitte fünftausend Escudos. Telefon?«

Er schüttelte den Kopf und ich beobachtete, wie er sorgfältig die Buchung eintrug. »Bleibst du über Mittag? Vielleicht bringt der Postwagen was.«

Ich steckte das Geld ein und verließ die Post. »Ich bin drüben.«

Vor der Bar saßen einige Fischer mit ihrem Bier.

Da entstand ein Tumult wenige Meter entfernt die Straße entlang. Eines bizarren Schauspiels. Zwei ältere Frauen standen sich wild gestikulierend gegenüber. Ich verstand nur soviel, dass sie sich gegenseitig verantwortlich machten, dass zwei Jungs beim Fußballspielen eine Fensterscheibe zerschossen hatten. Statt jedoch die Jungen dafür zu strafen, fauchten sie sich an, als hätten sie selbst die Scheibe eingeschossen.

Die beiden Strolche feixten, sie hatten ihre Freude. So schnell die Auseinandersetzung zwischen den Frauen aufgeflammt war, so schnell kehrte kurze Zeit später wieder Ruhe auf der Straße ein. Sie verscheuchten die Jungen mit ihren Besen und kehrten weiter die schmalen Gehsteige. Die Scheibe würde in den nächsten Tagen repariert sein und niemand mehr ein Wort darüber verlieren. Wenn Kinder etwas anstellten, schoben sich meist die alten Frauen die Schuld zu, nicht gut genug aufgepasst zu haben. Hier herrschten andere Gesetze, wie mir schien. Ich hätte den beiden Jungen die Leviten gelesen.

Gerade als ich mich wieder an meinen Tisch setzen wollte, hörte ich die Wirtin aus der Küche laut nach ihrem Mann rufen. Er machte, dass er in die Küche kam, aus der Augenblicke später ein wirres Zetern drang. Seine Frau war eine kleine rothaarige Xanthippe mit Kittelschürze, und darunter hatte sie ganz offensichtlich die Hosen an. Die anwesenden Männer saßen lächelnd vor ihren Gläsern. Vielleicht dachte der eine oder andere an seine eigene bessere Hälfte!

Da sah ich einen Mietwagen vor der Bar zum Stehen kommen. Neugierig beobachtete ich, wie eine junge Frau ausstieg und sich suchend umblickte. Was sie hier wohl suchte, fragte ich mich. Da traf mich ihr Blick und sie lachte erleichtert auf. »Kathrin, da bist du platt! Ich bin es, Klaudia!«

»Wie? Was? Wo? Bin ich im falschen Film? Wie kommst du hierher?« Meine Stimme überschlug sich. »Was machst du denn hier? Wo in alles in dieser Welt kommst du her?«

»Ich bin gerade mit dem Flieger hergekommen und habe mir ein Taxi genommen. Und jetzt bin ich da.« Sie lachte immer noch. »Du hast dich nicht verändert, meine Liebe. Da muss ich ans Ende der Welt fliegen, um dich wiederzusehen.«

»Du bist immer noch die alte Nudel, ich fasse es nicht!« Ich schüttelte ungläubig den Kopf.

Wenig später saßen wir auf meiner Terrasse und genossen den Abendhimmel und das Meeresrauschen. »Was machst du nur für Sachen? Kommst einfach her … Aber schön ist es.«

»Du hast es schön hier«, meinte Klaudia, ehrlich beeindruckt. »Wie kommt es, dass du dich hierher abgeseilt hast?«

»Nach der Trennung wollte ich nur noch weg. Und hier bin ich glücklich, wenn auch noch nicht alles perfekt ist. Schließlich fehlt mir noch ein Telefonanschluss. Aber ich habe meinen Frieden gefunden«, schloss ich meinen Bericht. Nicht ganz, fügte ich in Gedanken hinzu, aber das kann ja noch kommen.

»Deine Adresse hatte ich vor einiger Zeit herausbekommen. Ich bin einfach losgeflogen. Bis Porto war es kein Problem, hierher hätte ich es nicht geschafft. Ich bekomme ein Kind, wie du unschwer erkennen kannst. Michael, der Vater, hat sich verdünnisiert. Jetzt muss ich mir erst über die Zukunft klar werden. Ich hoffe, ich störe dich nicht.«

»Bleib nur, es ist schön, jemandem zum Reden zu haben. Hast du je darüber nachgedacht abzutreiben? Verstehen könnte ich es.«

»Nein, das kam für mich nicht in Frage.«

Ich griff Klaudias Hand und drückte sie zaghaft. »Wir werden das Kind schon schaukeln. Jetzt bist du erst mal da. Wir lassen uns die Zeit bestimmt nicht lang werden.«

Während ich – einen Becher Kaffee in der Hand – darauf wartete, dass mein Besuch wach wurde, entlockten mir zahlreiche gemeinsame Erinnerungen an die Schulzeit ein Lächeln. Würden wir uns noch genauso verstehen? Ich konnte mir nicht vorstellen, weshalb ihr Freund sie hatte sitzenlassen. Sie erwartete doch ein Kind von ihm! Und sie war ein netter Mensch, vergucken konnte man sich bestimmt in sie. Ich fand sie attraktiv, trotz einer ausgeprägten Schuppenflechte. Das Meerwasser würde ihr vielleicht guttun. Sie findet sicher einen netten Mann, der dem Kind ein guter Vater sein kann.

Klaudia erschien auf der Terrasse. »Ist es nicht herrlich hier? Wenn ich könnte, würde ich hier nicht mehr weggehen. Ich habe mich lange nicht mehr so wohl gefühlt. Guten Morgen.«

»Mir ist es damals nicht anders gegangen. Guten Morgen.«

»Portugal liegt nicht vor meiner Haustür«, bemerkte sie.

»Aber vor meiner.« Ich feixte. »Seit du hier bist, ist es für mich noch viel schöner. Was hältst du davon, wenn wir einen Ausflug nach Guimaraes machen? Ich möchte dir die älteste Stadt Portugals zeigen.«

»Wenn du es sagst, werden wir wohl Kultur brauchen.«

»Du kannst doch nicht nur in der Sonne liegen und im Meer baden. Das Land hat noch mehr zu bieten.«

»Gerne. Dann lass uns losfahren, egal wohin.«

Wenig später fuhren wir durch eine der für mich schönsten Gegenden Portugals. Pinienwälder, winzige Dörfer und scheinbar endlose Weinberge wechselten sich ab. Dazwischen sahen wir auf kahle, verbrannte Hügel.

»Was hat das zu bedeuten, Kathrin?«, fragte Klaudia.

»Die Bauern brennen ihre Eukalyptuswälder ab, weil sie dann noch Geld bekommen, wenn die Holzquoten erfüllt sind. Das ist weit unter dem Preis, aber viele Bauern bessern damit ihre kargen Erträge auf. Der Eukalyptus wächst schnell wieder nach, dass du bald nichts mehr davon siehst.«

»Merken die nicht, dass die Brände extra gelegt sind?«, warf sie nachdenklich ein.

»Gerade im Sommer brennt es hier an hundert Stellen gleichzeitig, da ist Brandstiftung kaum zu beweisen.«

»Ganz schön raffiniert«, schmunzelte Klaudia. »Aber irgendwie unsinnig, für mich.«

Das Auto stellten wir auf dem Marktplatz ab und schlenderten durch die eng beieinanderstehende Häuserreihen. Fast unter jedem Fenster hingen Wäscheleinen, an denen übergroße Mieder und Unterhemden neben Bettwäsche aufgehängt waren. Das Sonnenlicht drang dadurch kaum bis auf die Straße hinab. Die wenigsten Häuser entsprachen heutigen Bauvorschriften und hätten nach deutschem Recht sicher einen Anspruch auf Denkmalpflege oder Abriss.

»Hier könnte ich nicht leben.«

»Wenn du hier aufgewachsen bist, ist das normal für dich.«

»Ein Erlebnis besonderer Art ist diese Stadt schon.«

Die Einheimischen beäugten uns skeptisch. So oft passierte es nicht, dass die gewohnte Ruhe ihres Städtchens durch Touristen unterbrochen wurde. Die lagen an der Algarve am Strand oder überschwemmten Lissabon oder Porto.
Die Sonne stand jetzt hoch am Himmel und die Luft in den engen Gassen wurde unerträglich. Wir kehrten der alten Stadt den Rücken, am Meer war die Hitze besser zu ertragen.
Ein paar Tage späte erwartete Porto uns mit dem Flair einer südeuropäischen Großstadt. Hektisch und doch auch wieder gelassen, fast lethargisch. Wir stellten den Wagen ab und erkundeten von dort aus das Hafenviertel, in dem sich die Weinkeller und Fischhallen aneinanderreihten.
Die berühmten Markthallen empfingen uns lärmend und hektisch. Touristen und Einheimische feilschten wild gestikulierend um die Preise.
»Da kommt Basar-Feeling auf«, rief Klaudia und grinste breit. Sie erstand ein kleines Souvenir, um das wir gemeinsam gefeilscht hatten.
Ich hatte eine Führung in einer der größten Kellereien organisiert. Während der redegewandte Chef uns durch die haushohen Hallen schleuste, bestaunten wir die beeindruckenden Holzfässer, in denen Zehntausende Liter Portwein lagerten. In manchen dieser Ungetüme reifte seit über einhundert Jahren der gleiche vergorene Traubensaft. Unbezahlbar!
»Vor langer Zeit«, meinte der Führer mit einem Augenzwinkern, »stand ein Strauch in der Nähe eines Weinkellers. Im Laufe der Zeit wuchs dieser Strauch in den Himmel. Alle wunderten sich, sie fanden aber keine Erklärung. Eines Tages öffnete man ein Fass. Es war leer, wie alle anderen, die in der Nähe standen. Einzig arm-

dicke Wurzeln des Strauches fand man darin. Sie hatten nicht nur die dicken Mauern des Gewölbes, sondern auch die Fässer durchbohrt und den Wein aufgesogen. Dann muss es aber ein sehr guter Tropfen gewesen sein, wenn daraus so etwas erwächst«, beendete er seine Anekdote, die man glauben konnte oder auch nicht. Er führte uns nun in den Schankraum zur Verkostung. Sicher hatte er diese Geschichte erfunden, damit die Touristen reichlich Wein kauften.

Ich ertappte mich dabei, Klaudia lüstern zu betrachten! Wir waren uns auf Tuchfühlung zwischen den Weinfässern nahe gekommen. Diese Berührungen verwirrten mich; denn ich spürte Enttäuschung, wenn sich die Nähe in Distanz kehrte. Was sollte das? Ich war doch nicht etwa dabei, mich in sie zu vergucken? Wie weit ging meine Zuneigung? Durfte ich sie zulassen, oder musste ich sie ignorieren? Konnte ich das überhaupt?

Ich hatte darauf keine Antwort, und je länger ich mich mit diesen Gedanken herumtrieb, desto deutlicher wurden meine Empfindungen für die Frau, die sie war. In der Nacht sah ich auf die neben mir schlafende Klaudia, deren Haut im Mondschein seidig schimmerte. Ich wünschte mir plötzlich, sie zu streicheln. Der Drang, sie zu berühren und mich nah an sie schmiegen, verdrängte all die anderen Gedanken, die mich bislang schlaflos hatten sein lassen. Du kannst doch deiner Lust nicht nachgeben, schalt ich mich und zog die Hand wieder zurück. Bizarr, sie plötzlich als Frau zu begehren! Was war nur in mich gefahren?

Wenn ich ehrlich mit mir war, hätte ich auch nicht gewusst, wie ich sie körperlich lieben sollte. Ich wusste nur, dass ich es wollte!

»Ich danke dir für die schöne Zeit bei dir. Ich habe mich gründlich erholt. Und wir haben uns prächtig verstanden. Es war wie in alten Zeiten«, meinte sie zum Abschied am Flughafen.

Nicht ganz, meine Liebe, nicht ganz, belehrte ich sie im Stillen.

Ich stürzte mich in Arbeit, da mich plötzlich Einsamkeit überrannte. Was nur in mich gefahren war, fragte ich mich. Dazu machte mir die unerwartete Gefühlsverirrung mehr zu schaffen, als ich vor mir selbst zugeben konnte. Innerhalb kurzer Zeit war mein Körper übersät mit Pickeln und Bläschen und ich fühlte mich hundeelend. Ich hoffte, dass es von allein verging, aber nichts dergleichen geschah; weder verschwand meine Verwirrtheit noch die Pickel!

Klaudias Stimme zu hören, war Öl auf mein inneres Feuer, das jedes Mal neu entfacht wurde. Wie gern hätte ich sie gerade in jenen Momenten um mich gehabt, wenn ich mich allein fühlte, trüben Gedanken nachhing oder einfach jemanden gebraucht hätte, der mir meine körperliche Grenze wiedergegeben hätte. Einen Mann mochte ich mir da nicht wirklich vorstellen. Mein Bedarf an Testosteron im Haus war gedeckt!

War ich etwa lesbisch? Diese Frage stellte sich mir zum ersten Mal, als ich aus einem homoerotischen Traum erwachte. Das konnte nicht sein! Ich konnte und wollte mir das nicht vorstellen. Ich hatte bis hierhin doch normal gelebt! Ich war verheiratet, wenn auch heute nur noch auf dem Papier. Ich war nie mit Homosexualität konfrontiert, niemand, den ich kannte, war schwul oder lesbisch. Warum also ich? Konnte ich es ablegen, wie eine zu kleine Jacke? Ignorieren?

Ich musste mir aber auch eingestehen, dass ich mir eine Partnerschaft mit einem Mann nicht mehr vorstellen wollte. Mit Klaudia war das Leben so unkompliziert gewesen - zumindest bis zu diesem Zeitpunkt. All diese Überlegungen führten mich nicht weiter. Ich sah immer noch unappetitlich aus, die offenen Stellen nässten und ich konnte nicht verhindern, dass ich mir die Haut aufkratzte.

Klaudia war Mutter eines gesunden Jungen geworden, der auf den Namen Patrick getauft wurde. Meine Gefühle konnte ich nur mit Mühe unterdrücken. Ich war hin und her gerissen.

Eines Abends meinte sie: »Ist es dir überhaupt Recht, dass ich zu dir komme?«

»Du stellst Fragen! Nichts ist mir lieber als das!«

Insgeheim hoffte ich Dinge, über die ich lieber nicht sprach. Zumindest jetzt nicht!

Zwei Wochen würde sie bleiben! Ich freute mich, besonders auch auf Patrick. Der kleine Kerl war ein reiner Sonnenschein. Sogar Santa konnte mit diesem kleinen Bündel etwas anfangen. Sie lag den ganzen Tag neben ihm auf der Decke.

Eines Abends nahm ich endlich allen Mut zusammen.

»Klaudia. Ich muss dir etwas sagen, aber es ist nicht leicht für mich. Weißt du, dass du für mich zu einem der wichtigsten Menschen geworden bist?

Du hast in mir ein schönes Chaos angerichtet.« Sie schaute mich mit ihren braunen Augen, erwartungsvoll an, und ich fuhr stockend fort: »Ich habe lange drüber nachgedacht, ob und wie ich es dir sagen kann und soll. Ich habe überlegt, ob es überhaupt gut ist, es dir zu sagen. Aber ich komme nicht drum herum. Ich habe schon im Sommer etwas Entscheidendes erkannt: Ich habe mich in dich verliebt!«

Es war raus! Unwiderruflich!

Klaudia nahm mich in den Arm: »Das weiß ich längst. Ich dich doch auch.«

Wie sollte das zu verstehen sein? Was passierte jetzt? Nie war mir das Gefühl für einen anderen Menschen spürbarer gewesen als in diesem Augenblick! Ich liebte diese Frau! Körperlich, obwohl Sex nicht unser Thema war. Noch nicht? Ich erzählte ihr von den Nächten neben ihr im Bett, in denen ich mir nicht viel mehr gewünscht hatte, als in ihren Armen einzuschlafen oder sie in meine Arme zu nehmen. »Es ist verdammt schwer, mir sagen zu müssen, dass ich das, was ich fühle, dir nicht geben darf, und dass ich nicht bekommen werde, was ich mir von dir erträume. Und dennoch liebe ich dich!«

Wenn wir abends von unseren Ausflügen zurückkamen und Patrick ins Bett gebracht hatten, saßen wir bis spät in der Nacht zusammen. Das eine oder andere Mal kuschelten wir und ließen unseren Gedanken freien Lauf. Ich verspürte das drängende Bedürfnis, mit ihr zu schlafen, ich kam in arge Bedrängnis. Klaudia schaute mich wortlos aus braunen Augen an. Wie sollte ich ruhig bleiben! Dann dachte ich, dass sie gleich mir das Bedürfnis nach körperlicher Nähe hatte. Doch ich wagte nicht, ihr einen Schritt entgegenzugehen. Patrick hatte seinen eigenen Tagesablauf, und so verliefen die Nächte eher nach seinen Bedürfnissen.

Die Tage wurden uns nicht lang. Wir beschlossen, nach Porto zu fahren. Gegen Mittag stellten wir den Wagen im Hafen ab und nahmen die Tram, um uns auch die Gegenden anzusehen, die man als Tourist nicht so oft zu sehen bekommt. Manche Straßenbahnen entsprachen kaum unseren Vorstellungen. Die Fahrer hatten keine feste Sitzgelegenheit. Entweder sie saßen auf provisorisch festgeschraubten Küchenstühlen oder sie standen während der ganzen Fahrt. Die Bahn rumpelte so durch die schmalen Straßen, dass wir heftig durcheinander geschaukelt wurden.

»Es ist eine Reise in die Vergangenheit. Und es erinnert mich an Guimaraes.« Klaudias Blick schweifte umher.

Sie hatte mit meiner Hilfe ein paar Souvenirs in den Markthallen erfeilscht. »Es ist eine Sauerei, bei den Preisen noch zu feilschen. Spaß gemacht hat es trotzdem«, vertraute sie mir an.

»Ich habe mich auch erst daran gewöhnen müssen.«
»Ich werde diese Zeit so schnell nicht vergessen. Es war eine wunderschöne Zeit.«

»Ich kann ja nicht ewig hierbleiben.« Klaudia sah mich wieder mit diesen blitzenden Augen an, die mich die ganze Zeit irritiert hatten. »Wir werden auf jeden Fall in Kontakt bleiben.«

Ich küsste sie auf den Mund und war überrascht, dass sie den Kuss erwiderte. Dann verschwand sie durch die Absperrung.

Ich spürte, wie mir flau im Magen wurde, und ging nach draußen, um den Start der Maschine verfolgen zu können.

»Es widerstrebt meinem Naturell«, hatte Klaudia gesagt. Sie sei nicht lesbisch. »Ich habe dich verdammt gern, weiter geht mein Gefühl nicht«, sagte sie. Ob ich lesbisch war, hätte ich allerdings auch nicht zu sagen gewusst.

Santa war mein einziger Trost in der Zeit der Einsamkeit, die sich in meinem Herzen breitmachte. Die Erinnerungen an meine Ehe lasteten wie eine schwarze Gewitterwolke auf mir. Keine zwei Jahre hatte sie gedauert, mich aber auf lange Zeit verunsichert. Mein Mann tauchte wie ein Schatten vor meinem geistigen Auge auf. Wir hatten uns als Feinde voneinander getrennt. Und ich fragte mich nicht das erste Mal, warum ich ihn geheiratet hatte. Vergewaltigung ist eine Sache, sich vergewaltigt fühlen eine andere, und doch kommt es auf dasselbe heraus. Wir trennten uns nicht deswegen, er hatte sich eine andere gesucht.

Es schien, als wären meine bisherigen Erfahrungen nicht unschuldig daran, was sich jetzt in mir tat. Ich konnte nicht sagen, dass mich zu diesem Zeitpunkt eine lesbische Beziehung, mit wem auch immer, gereizt hätte. Aber spannend fand ich die Idee!

»Deine Santa sieht Mutterfreuden entgegen. Sie hat sich mit Sergios Hund eingelassen.« Pedro hob entschuldigend die Schultern.

Santa war seit Tagen anders als sonst gewesen. Doch nie hätte ich gedacht, dass sie sich schwängern ließ. Sie war dafür eigentlich schon zu alt. Und außerdem zu wählerisch, dachte ich zumindest.

Daher machte ich mir weniger Sorgen, wenn sie allein im Dorf herumstromerte, während ich einkaufen war oder einen Abend in der Bar verbrachte, wenn mir die Decke auf den Kopf fiel.

»Was muss ich da hören, Santa? In deinem Alter!«

Ich beugte mich zu ihr herunter und sah in zwei bersteinfarbene Augen, die nicht wussten, wohin sie jetzt blicken sollten. »Musste es ausgerechnet Sergios Hund sein? Du musst es ja wissen.« Ich sah zu Pedro hoch. »Das kann heiter werden. Wann wird es soweit sein? Wie soll ich das denn machen? Ich kenne mich damit überhaupt nicht aus.«

»Es dauert noch. Wenn es soweit ist, wird Sergios Frau für die Welpen sorgen; sie hat das schon öfter gemacht.«

»Ich kann aber nicht alle Welpen behalten.« Ich sah mich schon mit einem ganzen Rudel mein kleines Haus teilen. Eine wenig erfreuliche Vorstellung.

»Wir werden sie schon unterbringen«, beruhigte er.

»Einen würde ich schon gerne nehmen, dann hätte Santa Gesellschaft. Du musst mir versprechen, dass keines der Kinder getötet wird.«

»Natürlich nicht.« Pedro schüttelte den Kopf.

Santa bekam Wochen später ihren Nachwuchs, vier herrlich tollpatschige Welpen, drei Rüden und ein Weibchen. Maria, Sergios Frau, nahm sie solange in Pflege, bis sie groß genug für neue Herrchen waren. Den kräftigsten Rüden suchte ich für mich aus, und als die Zeit reif war, kehrte Santa mit ihrem Erstgeborenen, den ich auf Namen Dustin taufte, zu mir zurück.

Er hatte das seidige Fell seiner Mutter und die Statur seines Vaters geerbt. Er war kräftig und offensichtlich dickköpfig. Gerade das fand ich aber schön an ihm. Ich hoffte, viel Freude an ihm zu haben, wenn er erst den Kinderschuhen entwachsen war.

Santa übernahm seine Erziehung. Als sie fand, dass er alt genug sei, streifte sie stundenlang mit ihm durch die Weite der Landschaft. Sie brachten manche Beute mit, die Dustin mir stolz vor die Füße legte, als hätte er die Maus gefangen. Er bettelte um Anerkennung. Santa schien stolz auf ihn zu sein, das merkte ich jedes Mal, wenn ihm gelang, was sie ihm beigebracht hatte. Dann stupste sie ihn freundlich im Nacken und leckte sein Fell. Nur mit Wasser hatte er es nicht so; er war regelrecht wasserscheu. Santa ließ seine Weigerung aber nicht gelten, sie zwang ihn, schwimmen zu lernen, indem sie ins Wasser vorausging und lockte. Zuerst saß er jämmerlich heulend am Strand, doch seine Mutter ignorierte das Rufen und Klagen. Mit einem Mal überwand er seine Scheu und stob ins Wasser. Von da an gingen wir oft zu dritt schwimmen.

Das waren herrliche Stunden für mich, ein Ausgleich für die vielen einsamen Stunden an meiner Schreibmaschine. In den folgenden Wochen arbeitete ich intensiv, wenn es mir auch mehr Vergnügen bereitet hätte, Dustin bei seinen tollpatschigen Späßen zuzusehen.

In Portugal fühlte ich mich zuhause und war für das Land und seine Menschen zu begeistern. Ich war frei und ungebunden, hatte mein Ziel erreicht und war allmählich ein anderer Mensch geworden. Mir war es nie zuvor so gut gegangen. Viel zu oft hatte ich in meinem Leben mit Schwierigkeiten und Problemen zu kämpfen gehabt, die sich in Luft aufgelöst hatten oder erst nicht auftraten. Ich fühlte mich wie die Möwe Jonathan, der seine Grenzen erkundete, um festzustellen, dass es keine gab.

Ein anderes Leben war für mich nicht mehr wichtig. Ich genoss die Freiheit zu tun und zu lassen, wonach mir der Sinn stand. Dass ich dieses Leben allein führte, fiel mir in letzter Zeit häufiger ein, als mir lieb war. Wenn die Sonne durch Gewitterwolken versteckt wurde, krochen in mir ebenso dunkle Gedanken hoch. Diese verscheuchte ich dann mit Alkohol, obwohl ich wusste, dass sich dadurch nichts wesentlich änderte. Ich hatte am Morgen danach immer einen ungebetenen Gast beim Frühstück, die einzige Gesellschaft neben Santa und Dustin.

Dann half nur ein ausgiebiger Spaziergang mit den Hunden. Ich nahm die Fotoausrüstung mit, die beiden waren willige Statisten. Das Fotografieren zerstreute mich und hellte die miese Stimmung auf. Dustin war im Gegensatz zu seiner Mutter zu Clownerie aufgelegt. Ich bemerkte, dass sie langsam älter wurde; sie bestach aber durch ihren Weitblick, ihren klaren Verstand und ihre Umsicht.
Dustin dagegen war unbändig und jung; er hatte sein ganzes Leben noch vor sich.

Einmal verlor ich ihn aus den Augen. Lange war er weder zu hören noch zu sehen. Dann hörten Santa und ich ein jämmerliches Rufen und Klagen. Sie fand ihren Sohn gefangen in einer der Fallen, die überall wegen der Füchse ausgelegt waren. Ich befreite Dustin aus seiner misslichen Situation und Santa nahm ihn in Empfang. Sie leckte zuerst seine schmerzende Pfote und versetzte ihm dann aber einen kurzen Hieb. Ihre Erziehung, ich hatte damit nichts zu tun. Kurze Zeit darauf schien er vergessen zu haben, in welcher Lage er sich gerade noch befunden hatte. Er sprang herum, als wäre nichts gewesen. Eines hatte er daraus gelernt: Er lief nicht mehr weg und passte höllisch auf, wo er ging. Mit der Zeit würde ein brauchbarer Hund aus ihm werden, und ein schöner dazu. Ich hatte viel Freude an meinen beiden Hausgenossen. Sie zeigten mir auf ihre Art, dass ich für sie da war. Wenn ich arbeitete, achteten sie auf jedes Geräusch. Und wenn ich ohne sie fortfuhr, konnte ich mich darauf verlassen, dass sie die Bucht nicht verließen.

Sie waren ein Ersatz für Gesellschaft, wenn sie auch nicht mit mir reden konnten. Aber wenn ich traurig war, tröstete Santa mich, indem sie fest ihren Kopf auf mein Bein legte und mich aufmunternd ansah. Dustin war da anders. Er rannte zum Wasser hinunter, ließ sich in die Wellen fallen, kehrte patschnass zurück und schüttelte sich kräftig vor mir aus. Wenn ich dann lachte, leckte er mich stürmisch ab.

Mitte des Jahres nahm ich eine Einladung von Freunden aus Porto an und fuhr mit ihnen nach Lissabon zu einer Geburtstagsfeier. Es wurde eines der schönsten, ausgelassenen Feste, die ich bis dahin unter portugiesischen Dächern erlebt hatte. Obwohl meine Sprachkenntnisse noch zu wünschen übrig ließen, hatte ich keine Probleme, mich verständlich zu machen. Wenn alles nichts half, hatte ich immer noch meine Freunde als Dolmetscher.

Die Luft war aufgeheizt und geschwängert vom Aroma der Sardinen, die hier klassisch mit Bier gewürzt gegrillt wurden. Manuel hatte seine Gitarre mitgenommen; so kam ich in den seltenen Genuss, portugiesischen Fado live zu erleben. Dazu wurde ich mit den Nationaltänzen vertraut gemacht. »Du wirst noch viele Jahre hier leben müssen, aber Übung macht den Meister.« Manuels Onkel hakte sich bei mir ein und zeigte es mir zum zwanzigsten Mal. Wir amüsierten uns über meine unbeholfenen Versuche, hinter die Schrittfolgen zu kommen. Das ging mir alles viel zu schnell!

Nachdem wir bis in den frühen Morgen gesungen, gefeiert und getanzt hatten, fielen wir todmüde auf die Matratzen, die im ganzen Haus verteilt waren. Immerhin mussten zwölf Personen einen Schlafplatz finden.

Am nächsten Morgen wurde in Etappen gefrühstückt, weil am Esstisch nur sechs Stühle Platz hatten. Den Erwachsenen sah man den vielen Rotwein und Macieira an. Ob ich genauso aussah, wie ich mich fühlte? Selber Schuld, dachte ich bei mir. Warum musst du so viel trinken? Dennoch war es ein gelungener Abend gewesen.

Im Laufe des Nachmittags fuhren wir nach Porto zurück, nicht ohne Lissabons Wahrzeichen, die Christusstatue, zu besuchen. Zum Glück hatte ich die Kamera mitgenommen, mir gelang das beste Foto, das ich je gemacht hatte. Ich verpasste der Statue einen Heiligenschein, weil die Sonne geradewegs dahinter stand.

Wenn ich die ganze Woche einsam an meinem Schreibtisch gesessen hatte, lechzte ich nach Abwechslung. Ich machte es mir zur Gewohnheit, samstags abends ins Dorf zu spazieren und dann bei Pablo einzukehren. Manchmal nahm ich Dustin mit. Santa wollte lieber zuhause bleiben.

Doch wenn ich erst in den frühen Morgenstunden heimkam, wartete sie auf uns. Zuerst knurrte sie, weil ich sie so lange alleingelassen hatte, dann aber freute sie sich, uns wohlbehalten wiederzuhaben.

Dustin war der erklärte Liebling im Dorf. Wir besuchten seine Geschwister und sie tollten herum wie kleine Kinder. Wenn ich in der Bar saß, wich er nicht von meiner Seite. Er knurrte, wenn mir jemand zu nahe kam.

Die Menschen feierten die Feste, wie sie fielen. Die meisten Männer tranken viel, und die Frauen hatten auch gelernt, den Macieira und das Bier zu vertragen. Mir war der Brandy zu stark. Ich machte mir nichts daraus; sie sagten, es läge daran, dass ich nicht in Portugal geboren sei.

Ich blieb lieber bei Bier oder Wein. Das war genauso schlimm. Ich versuchte, mich dazu zu erziehen, nach einer bestimmten Anzahl Gläser Wein oder Bier auf Wasser umzusteigen. Mir gefiel das zwar nicht, es war aber besser für mich. Manchmal vergaß ich alle guten Vorsätze.

Wenn ich dann am folgenden Morgen mit einem Kater erwachte, schalt ich mich: Du weißt, dass es dir nicht bekommt. Also beschwere dich nicht.

Edelgard

Wenn ich das ganze Jahr in der Abgeschiedenheit meiner Bucht verbrachte, zog es mich einmal im Jahr nach Lissabon. Drei Tage wollte ich diesmal bleiben. Ich hatte mir den Luxus gegönnt, mit einer kleinen Chartermaschine zu fliegen und ein Zimmer in einem guten Hotel in der Stadtmitte gebucht.

Am späten Samstagmorgen landete die Maschine in Lissabon. Er war größer und moderner als Portos Flughafen. Ich nahm mir ein Taxi und fuhr direkt ins Hotel. Noch vor Mittag hatte ich meine wenigen Sachen ausgepackt, bereit, den Tagen hier entgegenzugehen. Ich kannte Lissabon von früheren Besuchen, es war immer wieder ein Erlebnis, auf die Christusstatue zu steigen und auf die Stadt zu blicken. Oder durch die weltberühmte Altstadt zu flanieren. Zu beiden Seiten des Christo, wie die Statue liebevoll genannt wurde, verbreiterte sich der Tejo, und jedes Mal fragte ich mich, auf welcher Seite er wohl ins Meer mündete. Das war nicht leicht zu erkennen, da sich das Mündungsbecken zu beiden Seiten bis zum Horizont erstreckte.
Die Sonne stand hoch am blauen Himmel, und der Seewind brachte keine Abkühlung. Hier war es viel trockener und es regnete seltener als im Norden. Die Vegetation hatte sich darauf eingestellt; von der faszinierenden Pflanzenvielfalt der Costa Verde war hier nicht mehr viel zu finden.

Ich gönnte mir einen Stadtbummel. Schwer bepackt erreichte ich mein Hotelzimmer. Am Abend zog ich die neuen Sachen an und machte mich auf, Lissabons Nachtleben zu entdecken. Ich kannte Insideradressen, wo sich traf, was sehen und gesehen werden wollte.

Da ich im Hotel gegessen hatte, ging ich in eines der vielen Cafés und überließ dem Kellner die Platzwahl. Er führte mich an einen Tisch im hinteren Teil, in der Nähe der Theke. Eine junge Frau saß da allein. Er fragte sie, ob ich mich dazusetzen könnte. Sie sah mich freundlich lächelnd an und nickte. Ich bedankte mich beim Kellner und bestellte mir einen Kaffee. Auf Deutsch wendete ich mich meiner Tischnachbarin zu. »Sie sind Deutsche?«
»Ich mache hier Urlaub. Und Sie?«

»Ich lebe schon eine ganze Weile in Portugal, hoch im Norden. Ich bin nur für dieses Wochenende in Lissabon.«
»Ich bin gerade erst hier angekommen. Ich will dieses Land endlich richtig kennenlernen. Übrigens, ich heiße Edelgard.« Ich musste über diesen altmodischen Namen schmunzeln. Sie nahm es gelassen, steckte sich eine Zigarette an und bot mir auch eine. »Ich kann nichts für diesen Namen. Meine Eltern sind schuld.«
»Sie hätten protestieren müssen«, erwiderte ich lachend.
»Habe ich bei der Taufe, es hat mir nichts genutzt.« Und dann erzählte sie mir, dass sie nicht wisse, wo was los sei. Ich bot ihr meine Gesellschaft an, sie war mir sympathisch. Sie war ein paar Jahre älter als ich, wir verstanden uns sofort.

Später am Abend fanden wir uns in einem dieser Lokale ein, in dem die Portugiesen unter sich waren. Dort könnte man die Menschen kennenlernen, wie sie sind, sagte ich Edelgard. Es war eine urige, kleine Pinte, nicht groß, urgemütlich.
Man saß dort an Holztischen und auf ungepolsterten Bänken. Es war nicht gerade komfortabel, aber schöner als die Touristencafés.

Wir fanden noch zwei Plätze an einen Tisch in der Nähe der Musiker, die hier jeden Abend Fado spielten und das nicht mal schlecht. Um uns herum herrschte ein Gemenge von Menschen und Stimmen, laut und verwirrend. Sie erzählte, sie sei Vertreterin für einen großen deutschen Konzern, suche aber Neues, weil sie nicht zufrieden in ihrem Job sei. Sie verdiente zwar nicht schlecht, sagte sie, aber sie wollte anderes machen. Sie hatte in ihrer Ehe mit einem Portugiesen dieses Land ins Herz geschlossen, auch wenn sie nicht viel mehr als die Algarve gesehen hatte, da seine Familie dort wohnte.

»Ich will mich treiben lassen. Wo es mir gefällt, bleibe ich«, schloss sie.

Ihre blonden Locken gaben den etwas herben Zügen ihres Gesichts eine besondere Ausstrahlung. Ihre Augen blitzten hellblau unter dem dichten Pony hervor und unzählige Lachfältchen rahmten die Augen ein. Ihre Stimme war rauchig, fast maskulin.

Sie faszinierte mich, obwohl sie um einiges älter war. Ich bemerkte erstaunt, dass ich sinnlich-erotische Gedanken bei ihrem Anblick bekam.

Als das Lokal schloss, atmete die Stadt ruhiger. Schweigend, mit unseren eigenen Gedanken beschäftigt, schlenderten wir durch die immer noch belebten Straßen zum Hotel.

Ich freute mich auf den nächsten Tag mit Edelgard. Wir wollten uns gegen Mittag in meinem Hotel treffen. Nach einer ausgiebigen Dusche, die mir den Wein aus dem Körper wusch, und einem ausgiebigen Frühstück, trank ich auf der Terrasse ein Wasser.

Die Luft war jetzt schon heiß und stickig, der Seewind brachte keine Abkühlung. Wir würden auf jeden Fall die Christusstatue besichtigen, nahm ich mir vor. Wer Lissabon besuchte, durfte sie sich nicht entgehen lassen.

»Hallo, Kathrin. Guten Morgen.«

»Hallo, Edelgard. Du siehst nicht gerade ausgeschlafen aus.«

»Du auch nicht. Aber ich hoffe, du bist fit für das Sightseeing.«

»Klar.« Ich lachte. »So schnell wirft mich nichts um. Was hältst du davon, wenn wir ein Taxi nehmen und uns zum Christo chauffieren lassen?«

»Gerne, dann werden wir nicht so schnell müde.«

Meinte ich das nur, oder hatten Edelgards Augen plötzlich einen anderen Glanz? Sie verwirrte mich.

Lissabon sprühte vor Leben. Die Straßen waren vollgestopft mit Touristen und Autos. An der Statue war noch viel mehr los. Touristen bannten das herrliche Panorama auf Zelluloid.

Wir stiegen die Stufen bis zur Plattform hinauf und blickten überwältigt auf die Metropole herab. Edelgard war sichtlich beeindruckt. »Lissabon ist eine schöne Stadt.«

Ich wies auf einen der Außenbezirke. »Wie überall in Portugal liegen Reichtum und Armut dicht beieinander.«

»An der Algarve habe ich diesen krassen Unterschied auch bemerkt.«

»Ich denke, es wäre für uns beide interessant, Lissabons Kulturgeschichte zu erkunden. Ich kenne noch nicht viel davon. So ist es für mich auch eine Reise ins Unbekannte.«

»Das ist keine schlechte Idee. Wir können die Stadt nicht zu Fuß erkunden. Da brauchten wir Tage!«

Die Aussicht auf schmerzende Blasen an den Füßen ließ mich auch davor zurückschrecken. »Lass uns ein Taxi nehmen.«

»Gute Idee. Und für meine Füße die beste.« Edelgard schaute auf ihre offenen Sandalen hinab.

Der Fahrer erwies sich als wahrhaft gut informiert. Wir kamen durch das Altstadtviertel, an Kirchen und hochmodernen Gebäuden vorbei, die von der unterschiedlichen Prägung der Stadt zeugten. Es fanden sich Einflüsse aus allen Epochen der Neuzeit. Am meisten beeindruckte mich, wie sie sich spielerisch aneinander anpassten.

Für den Abend verabredeten wir mit dem Fahrer, dass er uns am Hotel abholen sollte. Er hatte uns von einem guten Restaurant außerhalb Lissabons erzählt. »Das müsst Ihr unbedingt ausprobieren.«

Ich genoss Edelgards Gesellschaft. Dabei betrachtete ich sie oft heimlich von der Seite. Sie hatte was, überlegte ich, ich wusste nur nicht was. Wir fuhren aus der Stadt heraus. Vor einem unscheinbaren Lokal in einem kleinen Dorf am Meer hielt das Taxi an. Ob wir hier wirklich richtig waren? Von außen wirkte das Lokal unscheinbar, fast schmuddelig. Die Terrasse bot aber einen schönen Ausblick aufs Meer. Die Sonne tauchte alles in ein sonderbares Licht. Es war für portugiesische Begriffe noch früh am Abend, kaum ein Tisch war besetzt.

»Was sollen wir essen?« Ich griff zur Karte. Sie bot unter anderem Stockfisch, die Nationalspezialität Portugals.

Da kam der Kellner, ein überaus freundlicher Mann, der sogleich mit Edelgard flirtete, doch sie würdigte ihn mit keinem Blick. »Welchen Wein sollen wir dazu nehmen?«

»Einen weißen, der passt sicher am besten.«

»Na, der Kellner ist aber gut drauf«, lachte ich, als der Charmeur sich mit unserer Bestellung in die Küche empfahl.

»Ich kann Männer nicht ausstehen, die sich für unwiderstehlich halten.« Edelgards Augen schimmerten wie zwei dunkle Kohlenstücke, das Blau war jetzt tief und geheimnisvoll.

»Ich brauche jetzt wohl doch einen Macieira«, sagte ich und lehnte mich zufrieden zurück.

»Keine schlechte Idee. Ich habe auch zuviel gegessen.«

Mit Verachtung kippte ich den Brandy herunter. Er war mir zu scharf, aber nach dem üppigen Essen das einzige Mittel.

»Ich stehe auf Frauen, Kathrin. Ich bin lesbisch«, meinte sie zwischen zwei Schluck Wein.

»Dann verstehe ich nicht, weshalb du einen Mann geheiratet hast?« Dass sie auf Frauen stand, hätte ich wirklich nicht vermutet. Aber es überraschte mich irgendwie nicht.
»Ich wollte normal sein. Nachdem ich bis dahin nur die eine Seite kennengelernt hatte, wollte ich wissen, wie es mit einem Mann ist. Und es gefiel mir. Zumindest eine Zeit lang.« Sie war in einem Internat aufgewachsen. Die Leiterin alle Mädchen verführt hatte.
Und auch sie war von den Übergriffen der Leiterin nicht verschont geblieben. Später hatte sie ihre erste Freundin kennengelernt. Diese Beziehung hatte aber nicht lange gehalten. Da heiratete sie den erstbesten Mann, der sie wollte. Das konnte nicht gut gehen! Da sie offen zu mir war, fand ich den Mut, ihr von mir zu erzählen. Ich ließ nichts aus, und blickte sie nach meiner intimen Beichte fragend an. »Was soll ich jetzt machen? Wie es ist, kann es nicht bleiben, ignorieren kann ich es nicht.«

»Du musst für dich herausfinden, wie ernst es dir ist. Dann wird es leichter. Ich habe es dir gleich angesehen, nur musstest du es ansprechen.«

»Wie kann man das sehen? Ich habe kein Schild um.« Ich tat empörter, als es der Fall war. »Schade, dass ich morgen nach Hause fliege. Was hältst du davon, wenn du ein paar Tage zu mir kommst?« Ich wusste nicht, weshalb ich sie einlud. Sie war mir sympathisch, mehr nicht. Lag es daran, dass ich mir von einem weiteren Gespräch mehr Sicherheit erhoffte?

»Das ist keine schlechte Idee. Ich möchte mich hier noch umsehen. Am kommenden Wochenende könnte ich zu dir kommen. Dann haben wir mehr Zeit für einander.« Entdeckte ich in diesem Blick etwas, das mich verunsicherte und zugleich anzog? Ich freute mich auf das kommende

Wochenende und das Wiedersehen mit ihr. Was es mir bringen mochte?

Die ganze Zeit während unseres Gespräches hatten wir nicht bemerkt, wie das Lokal voller geworden war. Kein Tisch war unbesetzt, ein Zeichen, dass man mit dem Restaurant hoch zufrieden war. Dieser Meinung konnten wir uns ohne Einschränkungen anschließen. Als es kühler wurde, riefen wir den Kellner und bestellten gleich das Taxi.

Der Fahrer fragte uns, ob wir mit dem Essen zufrieden waren. Wir bejahten, und er schien zufrieden, als er das Trinkgeld nahm. Vor meinem Hotel setzte er uns ab, Edelgard wollte zu Fuß zu ihrem Quartier gehen, das wenige Straßen entfernt war.

»Weißt du, was ich jetzt am liebsten täte?«, raunte mir Edelgard zu.

»Nein«, sagte ich, obwohl ich es mir denken konnte. Es erfüllte mich gleichermaßen mit Neugier und Angst.

»Ich würde am liebsten auf der Stelle mit dir schlafen.«

»Lass uns das aufheben.« Ich hatte Angst davor, wenn ich auch nicht viel anderes wollte. Bevor ich noch etwas sagen konnte, stahl Edelgard sich einen Kuss. »Ist besser so. Ich freue mich darauf, dich wiederzusehen. Gute Nacht, Katharina, bis Freitag.«

Bevor ich wieder nach Hause fuhr, machte ich allein einen Abstecher zum Cabo da Roca. Ein Bus fuhr mehrmals täglich direkt bis zum Aussichtspunkt. Der westlichste Punkt des europäischen Festlandes faszinierte mich. Neben einem Leuchtturm mit Souvenirladen und Café gab es dort nur noch eine Kapelle. Hunderte Schaulustige traten an die Klippe und starrten gebannt in die Tiefe, wo sich die Wellen mit aller Macht brachen. Sie starrten die Respekt einflößenden Klippen hinab, den

scharfen Landwind im Nacken, der einen über die Brüstung pusten konnte.
Die Sonne verlässt mich, um die andere Seite der Welt zu besuchen, dachte ich, als sie sich auf den schmalen Grat zwischen Himmel und Erde zu bewegte. Und morgen wird sie aufgehen, als sei nichts geschehen. Dabei war in der letzten Zeit so viel geschehen. Ich lehnte an einem Felsbrocken und blinzelte in den Sonnenuntergang.

Ich tat mich schwer, die Fragen zu formulieren. War ich wirklich die, die ich zu sein glaubte? War ich wirklich auf dem besten Wege lesbisch zu sein? Woher hatte Edelgard das wissen können? Gaben mir die Gefühle, die ich Klaudia gegenüber empfunden hatte, nicht selbst die Antwort? Was war überhaupt der Unterschied zwischen der Liebe zwischen Mann und Frau und der gleichgeschlechtlichen Liebe? Hatte Edelgard mit allem recht? Wohin führte nun mein Weg?

Ich schloss einen Moment die Augen und spürte, wie sie sich mit Tränen füllten. Augenblicke später kullerten sie über mein Gesicht und tropften auf mein T-Shirt.

Ich wischte mir die Tränen aus den Augen. Außer mir waren nicht mehr viele Menschen am Cabo da Roca.
Eine kleine Gruppe stand noch an der Steinbrüstung, hinter der die Felsen in die Tiefe führten. Ich hatte auf der Info-Tafel gelesen, dass es bis zum Wasser gut einhundertvierzig Meter waren. Viele Selbstmörder hatten sich schon da hinunter gestürzt.

»Fels der Entscheidung«, murmelte ich vor mich hin. Mich schauderte. Ich konnte mir nicht vorstellen, da hinunter zu springen! Dabei hatte es in meinem Leben schon die eine oder ander Situation gegeben, in der ich vielleicht anders entschieden hätte.

Plötzlich hörte ich jemanden meinen Namen rufen! Ich sah mich verwirrt um. Unweit von mir stand einer Statue gleich eine Matrone. Sie hatte die Hände vor der Brust gefaltet. Schneeweißes Haar fiel in langen Wellen bis auf die Schultern. Mich wunderte, dass es ihr nicht wie eine Fahne im Wind abstand, wie bei allen anderen.

Sie trug die bei alten Frauen üblichen schwarzen Gewänder. War sie eine Hexe? Sie wirkte nicht wie die Hexe aus den Märchen meiner Kindheit. Doch flößte sie mir kein Urvertrauen ein, das ich jetzt wie nichts anderes nötig hatte.

In meinem Kopf flohen die Gedanken hin und her und mein Körper zitterte, obwohl mir nicht kalt war. Ich erwiderte ihren stummen Blick. Er strahlte so viel Weisheit aus, wie ich noch nie bei einem Menschen gesehen hatte. Meine Gedanken fuhren Achterbahn, in meinen Händen sammelt sich Schweiß und meine Zunge klebt am Gaumen. Es verwirrte mich, wie sie mich ansah. Mein anfängliches Befremden verging, als ich die Wärme in ihrem Blick spürte.

»Komm mit, Katharina.«

Mich wunderte, dass sie mich ansprach. Woher kannte sie meinen Namen? Was wollte sie von mir? Trotzdem kam ich der Aufforderung nach und ging ihr entgegen.

»Wohin? Wohin gehen wir, Donna?«

»Das wirst du sehen. Komm mit, bitte.«

Ich folgte ihr, mich unsicher nach allen Seiten umsehend. Doch niemand nahm von uns Notiz. Sie führte mich wortlos die Klippe entlang über das weite Plateau. Wir bogen in dichtes Gras ein, durch das ein Weg die Anhöhe hinaufführte. Mal säumten Felder unseren Weg, dann tauchten schroffe, schwarze Felsen vor uns auf, an denen sich die Wellen lautstark brachen. Darauf durchquerten wir einen Wald. Mir wurde die Zeit lang, und ich fühlte mich unwohl in meiner Haut.

»Hab keine Angst«, sagt die Matrone, als hätte sie meine Gedanken erraten. »Wir sind gleich da.«

Es war inzwischen dunkel geworden, doch die alte Dame führte mich sicher den Weg entlang. Ich hatte keine andere Wahl, als ihr zu folgen. Da tauchte vor uns ein Häuschen in der Finsternis auf. Im Fenster brannte Licht, die Tür stand offen. »Tritt ein«, meinte sie mit einer einladenden Geste.

Wie von Geisterhand schloss sich die Tür hinter mir. War sie doch eine Hexe? Was geschah jetzt? Wo war ich überhaupt? Scheu sah ich mich um. In der Mitte des Raumes stand ein einfacher Tisch mit zwei Stühlen und links direkt unter dem Fenster ein Sofa.

An der gegenüberliegenden Wand befand sich ein Büfett mit Glastüren und daneben eine Küchenhexe, auf der ein dampfender Wasserkessel stand. Hier war eine Tür. Daneben befand sich ein steinernes Spülbecken, über dem der Wasserhahn gleich einem Metronom tropfte. Im Raum roch es angenehm nach mediterranen Gewürzen.

»Komm, setze dich her zu mir. Ich habe uns einen Tee gemacht.«

Woher wollte sie wissen, ob ich überhaupt Tee trank? »Ich weiß nicht, was ich sagen soll.«

»Dann lass es bleiben. Jetzt muss er noch einen Moment ziehen«, meinte sie und ging zum Herd. »Ich habe nichts dagegen, wenn du rauchst«, sagte sie beiläufig. Ich drehte mir mit zitternden Händen eine Zigarette. Was wollte sie bloß von mir? »Danke, Donna. Das ist alles sehr verwirrend für mich.«

»Trinke das, es wird dir guttun.« Sie stellt mir einen dampfenden Becher hin. Der Tee war nicht süß und nicht bitter.

Er erinnert an blühende saftige Wiesen, an tiefgrüne Wälder und an das Meer – an alles, was mit Natur zusammenhing.

Mit jedem Schluck wurde ich ruhiger. Meine Hände zitterten nicht mehr, als ich die Zigarette anzündete, und mein Herzschlag beruhigte sich. Das konnte kein gewöhnlicher Tee sein! »Was ist das?«, fragte ich.

»Ist das wichtig?«, entgegnete sie.

»Ich meinte ...« War es wichtig, was das ist? Hauptsache, meine Nerven beruhigten sich.

Sie stellte mir einen Holzteller mit einer Scheibe Brot hin. »Iss, es schmeckt nur mit Butter am besten.«

»Danke, Donna. Ich habe wirklich Hunger.«

»Nicht darauf, oder sollte ich mich täuschen?«

In ihren Augen entdeckte ich ein spitzbübisches Glitzern. Um die Mundwinkel kräuselte sich die pergamentene Haut.

»Ich weiß, dass du mehr für Frauen übrig hast, obwohl du mal verheiratet warst.«

»Es gibt wohl nichts, was Sie von mir nicht wissen?«, fragte ich schmunzelnd. Was wusste sie bloß alles von mir? Wieso kam sie gerade zu mir?

Sie setzt sich zu mir und fixierte mich mit ihren stahlgrauen Augen. »Wie du richtig bemerkt hast, brauchst du mir nichts zu erzählen. Ich glaube, du siehst manches zu verbissen, als dass du damit glücklich bist. Wenn du zufrieden und stolz auf Erreichtes sein willst, dann darf dein Brotkorb nicht zu hoch hängen. Wie willst du satt werden, wenn du an das Brot nicht heranreichst?«

Es lag geheimnisvolles Wissen in ihren Worten. »Woher wollen Sie wissen, ob ich glücklich oder unzufrieden bin?«

»Ich weiß es, das muss dir genügen. Es liegt an dir, was die Zukunft bringt. Um den richtigen Weg zu finden, muss man loslassen können. Wenn das Glück an dein

Herz klopft, wirst du es wissen. Und die Türen werden sich von selbst öffnen.«

Ich wollte ein bisschen Glück – nicht viel. Ich wollte lachen können. »Ich frage nicht, woher Sie das alles wissen. Ich frage Sie, was ich jetzt machen soll. Wenn ich nicht weiß, wohin ich gehöre, wie kann dann mein Leben weitergehen?«

Die Matrone wies auf den leeren Holzteller. »Möchtest du noch ein Brot?«

»Gerne.« Ich nickte.

»Es freut mich, wenn meine Gäste zufrieden sind.«

»Haben Sie oft Besuch?« Ich konnte mir das nicht vorstellen, so abgelegen das Häuschen lag.

»Es findet ab und zu jemand den Weg zu mir – oder ich zu ihm«, fügt sie bedeutungsvoll hinzu.

Da hatte ich mir was Feines eingebrockt! Da saß ich in einer Kate, trank Tee, aß ein ebenso befremdlich anmutendes, wie köstliches Brot und sprach mit einer Fremden über Intimes. Woher wusste sie so viel über mein Leben?

»Ich verstehe nicht, was ich hier mache.«

»Du bist mein Gast und wir reden. Was ist daran nicht zu verstehen?«, antwortete sie sichtlich amüsiert.

»Wie sind Sie gerade auf mich gekommen?«, fragte ich.

»Ist das wichtig?«, entgegnete sie. »Du kannst meinen Rat brauchen. Wenn du darüber nachdenkst, kann sich dein Leben ändern.

Und nichts anderes willst du doch, oder? Die Vergangenheit zu ändern, vermag ich nicht«, meint sie. »Für die Zukunft kann sich einiges ändern. Du suchst einen ebenbürtigen Partner, der dich mit deinen Launen und Problemen annimmt. Die anderen haben ihre eigenen Schwierigkeiten, auf die du nicht eingehen kannst oder willst. Da kommt es unweigerlich zu Konflikten, in denen keiner von beiden der Verlierer sein will. Deine Beziehungen enden, und du nimmst die gleichen eingefahrenen Verhaltensweisen in die nächste mit.«

»Ich habe immer alles gegeben«, empörte ich mich.

»Und die anderen haben dir nichts zurückgegeben ...«, unterbrach mich die Matrone zornig. Sie fügte versöhnlicher hinzu: »Du verlangst zu viel.«

»Wieso? Jeder will glücklich sein«, rechtfertigte ich mich.

»Der andere ist für dein Glück weder erforderlich noch verantwortlich. Zu zweit glücklich sein, bedeutet für jeden, auf sich zu schauen. Und wenn beide das gleiche Ziel haben, können sie ihren Weg gemeinsam gehen, gleichgültig wie lange. Manche Beziehungen überdauern eine Nacht, andere ein ganzes Leben.«

»Das weiß ich«, entgegnete ich. »Es erklärt nicht, wie es Letztere schaffen. Ich habe lang dauernde Beziehungen gesucht. Gefunden habe ich Menschen, die nach einer gewissen Zeit von mir gingen oder dass ich das Gefühl hatte, gehen zu müssen. Geschichten für eine Nacht sind nichts für mich. Dauerhaft blieben meine Beziehungen auch nicht, so sehr ich dafür gekämpft habe.«

»Jeder wünscht sich einen Menschen, der in alle Ewigkeit zu ihm passt«, sagte die Matrone. »Das gelingt nur wenigen.«

»Und warum nicht mir?«, fragte ich.

»Weil du suchst, statt es auf dich zukommen zu lassen«, meinte sie. »Sei nicht ungeduldig. Gib dem Leben eine Chance.«

»Andere haben, wonach ich die ganze Zeit suche.« Ich wollte meine Position nicht aufgeben.

»Du bist eifersüchtig. Das schadet dir.« Sie blickte mich verständnisvoll an.

»Ich war noch nie eifersüchtig!«, empörte ich mich.

»Und wie würdest du dein Verhalten sonst nennen?«, unterbrach sie mich hart.

»Eifersucht jedenfalls nicht«, entgegnete ich trotzig.

»Das bringt dich nicht weiter.« Sie zuckte mit den Schultern. »Betrachte den anderen als Geschenk. Weißt du, was Liebe ist?«, meinte sie plötzlich.

»Ich weiß nicht, worauf Sie hinauswollen. Wenn Sie die Frage so stellen, glaube ich, dass Sie etwas anderes meinen.«

Sie wartete, bis ich mir eine Zigarette gedreht hatte, und begann in einer eigentümlichen Stimme zu sprechen: »Es gibt kein Wort, über das so viel nachgedacht, geredet und geschrieben wird, wie das Wort Liebe. Dieses Wort schrieb und schreibt unendlich viele Geschichten und bewegt uns Menschen direkt wie indirekt. Die Liebe leitet uns und führt in die Irre. Sie ist Mittelpunkt unseres Glaubens, Denkens, Fühlens und Handelns. Unzählige Fantasien drücken sich darin aus und beschreiben nur einen Bruchteil dessen, was sie uns bedeutet. Schon zu Urzeiten war sie Dreh- und Angelpunkt menschlichen Denkens und Strebens, und bis heute hat sich daran nichts geändert. Kein Thema bewegt die menschliche Fantasie und das Gefühl mehr als das Wort Liebe.«

Sie machte eine kurze Pause und betrachtete mich ernst. Vielleicht wollte sie aber auch nur prüfen, ob ich ihr überhaupt zuhörte.

»Nichts hinterlässt so tiefe Eindrücke, Erlebnisse und Erfahrungen. Kein anderer Gedanke, kein anderes Gefühl vermag zu bewirken, wozu Liebe fähig ist. Ungezählte Dichter und Denker aller Epochen und Jahrhunderte haben sich um ihr wahres Bild bemüht und doch nur ein Staubkorn im Weltall oder ein Sandkorn in der Wüste gefunden. Jeder Mensch strebt sein Leben lang, Liebe zu erfahren, doch keiner hat sie bisher endgültig erkannt.

Alle erdenklichen Worte sind nicht genug, dieses Gefühl zu beschreiben. Die einen fordern sie heraus und suchen sie verbissen. Andere versuchen, sie einzufangen, wenn sie glauben, sie gefunden zu haben. Wieder andere glauben, sie besitzen zu können.

Es ist die einzige Suche, die uns ein Leben lang beschäftigt, unser ureigenes Ziel scheint die Erfahrung der wahren Liebe zu sein.« Wieder entstand eine kurze Pause, in der sie einen Schluck trank, während ihr Blick an mir vorbeiging. Sie erwartete nichts, schien mir, außer dass ich ihr zuhörte. Ich rutschte auf dem Stuhl hin und her, vermied es aber, sie zu unterbrechen.

»Die Liebe klebt nicht an einem Menschen, einem Ding oder einem Zustand. Sie ist mit den fünf Sinnen nicht zu erfassen. Man kann sie nicht greifen, sehen, hören, schmecken oder riechen. Und doch ist sie da – allgegenwärtig. Sie ist wie das unscheinbare Pflänzchen unter diesem einen Stein oder mächtig wie ein Berg inmitten jener Berge. Sie ist wandelbar wie ein Chamäleon: schwach wie ein Blatt im Wind, stark wie ein tosender Orkan, bunt wie die Farben des Regenbogens oder grau wie der Nebel um den Novembermond oder hell wie der Sonnenschein im Frühjahr. Liegt sie direkt vor einem, sieht man sie doch nicht. Ein anderes Mal ist sie so weit weg, dass der Weg zu ihr unendlich scheint.

Ihr Gesang ist leise, dass man sie nicht hört. Sie ist laut, dass man taub zu werden droht, und doch vernimmt man nicht ihr leises Atmen. Hört nicht ihr gewaltiges Tosen, sieht nicht ihre zaghaften Bewegungen und riecht nicht ihren verführerischen Duft. Wenn sie bei einem ist, kann es sein, dass man sie nicht bemerkt. Und wenn man ihr dann bewusst begegnet, will man es nicht glauben.

Die Liebe lässt sich nicht einsperren oder binden; sie ist frei, frei von Fesseln und Zwängen, frei wie ein Vogel und doch nicht unabhängig. Sie lebt von der Freiheit, Grenzen zu überwinden, neue zu setzen und alte zu beseitigen; sie ist gebunden an die Fähigkeit des Menschen, ihre Freiheit zu akzeptieren. Sie lebt als Freund wie als Feind des Menschen direkt in ihm oder Lichtjahre entfernt. Und sie ist die einzige Hoffnung, die uns bleibt, wenn alles andere geht.

Sie ist Beginn und Ende unserer Seele, unserer Fantasien und unseres Lebens. Sie hat die Kraft zu heilen und zu zerstören, sie lebt von unseren Gedanken und Gefühlen und nährt sich aus den Tränen der Verzweiflung und dem Blut der Hoffnung. Mal treibt sie ihren Schabernack mit uns und ein anderes Mal begegnet sie uns ernsthaft. Ihre Facetten sind unendlich, ein Regenbogen der Gefühle und Gedanken. Und jeder erlebt sie anders, weil sie sich jedem anders zeigt: Liebe ist Leidenschaft, Intellekt, Egoismus, Bescheidenheit und Erotik – Lust, Irrationalität, Erfahrung, Bewusstsein und Erwiderung – Logik, Intuition, Erlebnis, Bedürfnis, Empfindung – Last, Inspiration, Ewigkeit, Brücke, Enthusiasmus – Lüge, Inkarnation, Ekstase, Bedrückung, Erleichterung ... und noch vieles mehr. Sie eint den Menschen und beschränkt sich nicht auf eine Dimension. Sie braucht das Zusammenspiel der Dreieinheit Körper, Geist und Seele.«

Ich saß gebannt auf dem Stuhl und lauschte den Worten. Mir war, als hätte ich all das schon einmal gehört, erst jetzt aber begann ich zu begreifen, was gemeint war. Ihr Blick war auf das Fenster gerichtet, als kämen die Worte von draußen zu ihr. Sie schien das Medium einer anderen größeren Macht zu sein. Fasziniert starrte ich sie an und hing an ihren Lippen. Jedes

Wort füllte mich aus und macht zugleich Platz für die folgenden.

Und mir wurde mit jedem Wort anders; ich empfand weniger Bedrückung als noch zuvor und mir wurde richtig warm ums Herz.

»Solange die Liebe lebt, geht sie ihre eigenen Wege. Sie wandert umher und sucht, Handeln, Denken und Fühlen des Menschen aufeinander abzustimmen.

Die Liebe ist das Erste, was dem Menschen begegnet und was er sofort verliert, sobald er sie erfahren hat. Und anschließend verbringt er sein gesamtes Erdendasein damit, sie wiederzufinden.

Ob es ihm gelingt, ist seinem Geschick überlassen. Als Säugling treibt sie uns der Quelle der Freude zu, dem Mutterbusen, aus dem das Leben quillt. Später treibt sie uns zu einem Menschen, von dem wir annehmen, dass wir dort dieses unergründlich schöne, geborgene und sättigende Gefühl wiedererlangen können. Frei und ohne Angst wie der Säugling an der Mutterbrust sind wir aber nicht mehr.

Wir haben erfahren müssen, dass es Tausend anderer Dinge gibt. Die vage Erinnerung daran lässt uns aber auf die Suche nach dieser ursprünglichen Liebe gehen. Den wenigsten Menschen ist vergönnt, Ableger dieser vertrauten wie fremden, bekannten wie unbekannten Pflanze zu erkennen und sie über einen gewissen Zeitraum sein eigen nennen zu dürfen. Die meisten suchen ihr Leben lang vergeblich; und wenn wir sie gefunden hätten, wir wüssten es nicht.

Keiner weiß um ihre wahre Beschaffenheit. Man glaubt: Das muss sie sein. Ob sie es ist, wissen wir nicht. Wenn sie vergangen ist, wissen wir auch nicht, ob es Liebe war. Wir versuchen, alle möglichen Gefühle mit diesem Wort zu erklären. Die Liebe erklärt sich jedoch durch das Gefühl, das sie in uns entstehen lässt. Sie entscheidet, wie sie aussieht, sich uns zeigt.

Sie ist ein irrationales und mit allem Verstand nicht zu beschreibendes Gefühl, das unser Handeln und Denken lenkt.«

Das war mir fast zuviel. Ich hatte Mühe, ihr zu folgen, wagte aber nicht, ihren Redefluss zu unterbrechen. Sie saß mir gegenüber und sah mit unverwandtem Blick hinaus, während sie sprach. Und ich stolperte ihren Gedanken hinterher. Die Worte tanzten vor meinem geistigen Auge wie bunte Schmetterlinge.
Ich versuchte sie mit einem Kescher einzufangen. Dieses Bild ließ mich schmunzeln. Ich drückte die Zigarette aus. Die Matrone sah plötzlich zu mir und nickte unmerklich. Ihr Blick lag fürsorglich auf mir.

»Die Ausdrucksformen menschlicher Liebe sind so vielfältig, dass sie nicht in eine endgültige Form passen. Von der Nächstenliebe über das Gefühl freundschaftlicher Verbundenheit, die unser Handeln und Denken in gewisser Weise beeinflusst, über die Eigenliebe, die für jeden Menschen wichtig ist, und die zarten Keimlinge der Zuneigung, die tiefe Freundschaft und Verbundenheit, bis hin zur alles fassenden Liebe, die eigene wie die Fehler des anderen einschließt, bis hin zu der alles andere ausschließenden Zuneigung für den einen, den einzigen Menschen. Der Mensch braucht das Gefühl, geliebt zu werden und Liebe zurückgeben zu können. Ein Mensch, der nie erfahren hat, was Liebe ist, wird schwerlich in der Lage sein, Liebe zu geben.
Jeder Mensch muss sie neu entdecken und erlernen, denn die ursprüngliche und umfassende Liebe des Säuglings vergeht. Sie kann wieder wachsen, wenn der Säugling im Menschen überlebt. Seine Naivität und Spontaneität lassen es die Liebe neu entdecken: die Liebe der Mutter,

des Vaters und aller Menschen, die in diesem Kind die Liebe spüren. Die Liebe des Menschen erfüllt sich in der Liebe des anderen, der bereit und in der Lage ist, sie anzunehmen und wiederzugeben.

Das ist das erklärte Ziel. Sie umfasst alles – negative Gefühle ebenso wie schöne Erfahrungen; sie wächst mit den Gedanken, Gefühlen, Fantasien und Formen. Liebe ist ebenso körperlich wie geistig. Die Verschmelzung von Körper, Geist und Seele macht Liebe aus.«

Ich saß wie trunken auf meinem Stuhl und nahm nichts weiter wahr als die Worte, die mein Herz hörte. Die Worte veränderten mich unmerklich mit jeder Silbe. Ich war bedürfnislos und frei. Ich wollte zuhören und empfinden. Zu keiner Zeit hatte ich mich mehr einem Menschen verbunden gefühlt als in diesem Augenblick. Jetzt erfuhr ich das Gefühl, wahrhaft zu lieben! Die alte Dame neben mir war die Liebe! Diese Erkenntnis traf mich wie ein Blitz.

»In der Gefühlswelt des Menschen mischen sich die unterschiedlichsten Nuancen und Farben, die sein Handeln bestimmen. In sein Handeln greifen seine Gefühle und Gedanken. Und die Liebe – gleichgültig in welcher Form – treibt uns zu neuen Taten, wie uns unsere Taten, Gedanken und Worte zu dem Gefühl Liebe treiben. Liebe, Hingabe und Zuneigung bleiben nicht auf zwei Menschen, auf die eigene Familie oder die Freunde beschränkt.

Sie zeigt sich ebenso in Menschen, die für andere sorgen, weil sie es nicht mehr können. Sie zeigt sich auf der Straße, da man seinem Mitmenschen freundlich begegnet und dort hilfsbereit ist, wo Not herrscht oder man es weniger vermutet – in ihrer speziellen Schattierung. Bunt wie der Regenbogen, mannigfaltig wie das Firmament in der Nacht, beständig wie eine Wanderdüne und wankelmütig wie ein Granitfelsen.

Sie ist eine der wenigen Errungenschaften des Menschen, die Krieg, Frieden, Trauer und Freude, Eiszeiten und Hitzewellen überdauert und sich in allem einfindet, was lebt, ohne dass sich das in Zukunft ändern wird. Sie verändert die Welt, ohne dass sie sich selbst ändert.«

Alle Betrübnis wich von meiner Seele. Ich sah eine Armee flirrender Schmetterlinge aus einer bunten Wiese aufsteigen. Die Luft hallte wider vom Gezwitscher und Zirpen. Ein mildes Lüftchen regte die Blätter der Bäume und wiegte die Grashalme sacht hin und her. So stellte ich mir die Liebe vor.

»Der Mensch strebt sein Leben lang nach Anerkennung; sei es im Beruf, wo er erfolgreich sein will, wo die Anerkennung seiner Leistung für ihn das Wichtigste ist. Sei es im Privatleben, in der Partnerschaft zu einem Menschen, mit dem er sein Leben teilt. Seine Erfahrungen beeinflussen sein Gefühl, sein Denken und seine äußere Erscheinung. Die Liebe spielt dabei die Schlüsselfunktion schlechthin. Die Liebe zu seinem Beruf, zu seiner Arbeit, die Bindung innerhalb seiner Familie und seines Freundeskreises, die dreieinige Liebe zu dem einen Menschen, der ihm Halt und Geborgenheit gibt. Sie prägen sein Weltbild und sein körperlich-geistiges Selbstbild.
Es ist die eine, einzige und unverwechselbare Liebe, die uns ein Leben lang begleitet, auch wenn wir uns ihrer nicht bewusst sind. Sie ist das Bindemittel von Körper, Geist und Seele – der Treibstoff, durch den wir leben. Ohne sie ist unser Leben undenkbar. Wer liebt, lebt. Und der Mensch ist nie endgültig sicher, ob er die wahre, einzige Liebe erobern wird. Doch er gibt die Hoffnung nicht auf – sie ist es, die ihn leben lässt.«

Es trat eine längere Pause ein, so dass ich die Augen öffnete. Die Matrone sah mich an und ihr Atem ging schwer. »Du bist eine geduldige Zuhörerin. Das habe ich nicht erwartet.«

»Es hat mir viel gegeben, Ihnen zuzuhören.« Ich war noch verwirrt über das Erlebte. »Ich habe ein paar Fragen. Was ist Liebe, wenn sie ebenso schnell vergeht, wie sie angeflogen kommt?
Was ist Liebe, wen sie teilbar ist und ein Augenblick genügt, das Feuer zu löschen, das der gleiche Augenblick entfacht hat? Was ist Liebe, wenn man sich nicht sicher sein kann? Woher weiß der Mensch, dass er den Richtigen liebt? Und wie bewahrt man sich das Gefühl über jede zeitliche und räumliche Grenze hinweg?«

»Das musst du selbst herausfinden.« Die stahlgrauen Augen sahen mich aufmunternd an. »Es liegt an dir, was sie für dich ist. Ich habe dir erzählt, was ich weiß. Du wirst die Antwort finden.« Da schob sie den Ärmel hoch und blickte auf die Armbanduhr. »Es ist Zeit für dich zu gehen. Du wirst den rechten Weg finden.«

Ich erkannte, dass jeder Einwand zwecklos war, und erhob mich. »Donna, ich danke für alles. Die unverhoffte Begegnung mit Ihnen, Ihr Wort und Ihre Zuneigung werden mir ewig in Erinnerung bleiben und Vorbild sein.« Ich ging vor ihr auf die Knie, nahm die Hand, die sie mir reichte, und hauchte einen Kuss auf den Siegelring. Ungezählte Diamanten brachten eine Sonne zum Strahlen.

»Leben Sie wohl, Donna.«

Sie nickte wortlos und ich verließ die Kate. Erst als ich ein paar Schritte gegangen war, wand ich mich ein letztes Mal um und sah ihren Schatten im Fenster. Mir war, als nickte sie noch, ehe ihre Silhouette verschwand.
Das erste Licht des Tages war nicht mehr weit. Ich setzte einen Fuß vor den anderen. Die eindrucksvolle Rede der

Matrone klang in meinen Ohren nach, während ich den Wald durchquerte.

Ich wusste, dass jedes Wort die reine Wahrheit war. Alles, was sie gesagt hatte, klang plausibel. Ich würde mich auf den Weg machen. Mochte es noch Ewigkeiten dauern, bis ich mein Herz an ein liebendes Gegenüber verlor, diesmal beharrte ich nicht darauf, es verdient zu haben. Ich würde annehmen, wie ich mich annahm mit allen Fehlern. Was ich mir zugestand, musste ich auch geben können.

Da kam ich an den Felsen vorbei. Die Gischt spritzte bis zu mir herauf und kühlte meine Haut. Woher wusste Donna das alles, über die Liebe und über mich? Darauf fand ich keine Antwort, so sehr ich auch grübelte.

Ich lenkte meine Schritte über die Felder, die still auf den Morgen warteten. Mit jedem Schritt spürte ich mehr das Gefühl, tatsächlich zu gehen, aufrecht, geradeaus und mit lockerem Schritt. So starr und steif ich noch Stunden zuvor auf meiner Position verharrt hatte, so verbissen ich an Altem und Gewohntem festhielt, so sehr freute ich mich darauf, Neues zu wagen.

Vielleicht fand ich, was ich mir im Stillen wie nichts anderes wünschte: Ein Leben, mit dem ich zufrieden sein konnte. Beim nächsten Mal wird alles anders, schwor ich mir. Ich wollte die Fehler der Vergangenheit nicht wiederholen.

Zielstrebig ging ich weiter und mein Weg führt geradewegs dorthin, wo alles angefangen hatte. Ich wusste, dass ich dorthin zurückkehren musste. Dort sollte mein neues Leben seinen Anfang finden. Es war der erste Morgen meiner Zukunft.

Hinter mir ging gerade die Sonne auf, als ich am Cabo zu mir kam. Mein Herz klopfte bis zum Hals. Hatte ich hier etwa die ganze Nacht verbracht? Ich fröstelte und meine Beine trugen mich nur widerwillig. Hatte ich das alles nur geträumt?

Irgendwas in mir ließ mich aber glauben, dass es real gewesen war. Ich sah mich um. Niemand war hier außer mir. Die Kapelle und auch der Leuchtturm standen ebenso verlassen wie ich im Morgendunst.

Egal ob ich diese Begegnung nur geträumt hatte, oder die Matrone wirklich zu mir in ihrer Kate zu mir gesprochen hatte. Ihre Worte hatten mich bis ins Herz getroffen, jedes einzelne Wort.

Mir kam Edelgard in den Sinn. Wie konnte sie wissen, was ich fühle? Woher nahm sie die Sicherheit, ich sei lesbisch veranlagt? Was würde noch alles ans Licht kommen, von dem ich, wenn überhaupt, nur den Hauch einer Ahnung hatte?

Die Erkenntnis, für Frauen mehr übrig zu haben, als ich es je Männern gegenüber empfunden hatte, überraschte mich nicht wirklich. Edelgards Worte waren auf fruchtbaren Boden gefallen und die Matrone bestärkte mich darin, auf dem richtigen Weg zu sein.

Jetzt fügten sich bunte Erinnerungssteine zu einem Mosaik – und es sah schöner aus, als ich es in Erinnerung hatte. Jetzt wusste ich, was ich vom Leben und der Liebe wollte. Edelgard hatte recht: Ich fühlte lesbisch! Und die Matrone hatte recht: Es ist egal, wen du liebst, Hauptsache du liebst ehrlich.

War das jetzt schlimm? Nein, bekräftigte ich in Gedanken. Es war richtig. Waren dann meine Jugendfreunde und meine Ehe nur eine Farce? Ich schüttelte unwillkürlich den Kopf. Das war einfach nur eine andere Zeit. Da habe ich es eben nicht besser gewusst.

»Da bist du endlich. Ich dachte schon, du hättest mich versetzt.« Das klang vorwurfsvoller, als es gemeint war.

»Jetzt bin ich ja da.«

Auf der Heimfahrt von Porto erzählte Edelgard, dass sie in Lissabon noch viel erlebt hatte. Sie beließ es bei Andeutungen, und ich fragte nicht weiter nach.

»Es war einsam ohne dich«, war ihre einzige Andeutung.

»Ich habe die ganze Woche an dich gedacht. Ich habe alle Zeit der Welt für dich.«

»Dann werden wir sicher viel Spaß miteinander haben.« Meinte ich das nur, oder war da nicht gerade eben ein Lächeln über Edelgards Gesicht gehuscht? Ein wenig mulmig wurde mir zumute. Du bist selbst schuld, meine Liebe, wer sich den Teufel ins Haus holt, tanzt mit dem Beelzebub auf dem Tisch. Bei diesem Gedanken musste ich schmunzeln. Was soll's, machen wir das Beste draus.

Nachdem sie sich umgesehen und mit Dustin und Santa angefreundet hatte, aßen wir auf der Terrasse zu Abend. Ich fühlte mich zerrissen, unsicher und zugleich aufgekratzt. »Edelgard«, ich setzte mein Glas ab, »wenn ich wüsste, ob das richtig ist, was ich jetzt tun möchte! Ich fühle mich wie vor einer wichtigen Prüfung, ohne das Gefühl, dafür gelernt zu haben.«

»Ich kann dich gut verstehen.« Edelgard schaute mich aufmunternd an. »Es ist nicht leicht, vor sich selbst das Coming-out zu gestehen.
Ich denke, dass ich dir bei deiner Suche helfen kann.«

»Ich habe Angst, dass ich es bereuen könnte.« Ich fröstelte immer noch, obwohl sich eine wohlige Wärme in mir ausbreitete.

»Du brauchst keine Angst zu haben. Es passiert nur, was du möchtest. Ich lasse dir die Zeit, die du brauchst. Und wenn nichts passiert, ist es auch gut. Du bist Jungfrau und ich habe meine Erfahrungen.«

Ich musste über den Begriff Jungfrau lachen, in diesem Fall war er sicher nicht falsch. Nervös ging ich ins Haus, um eine weitere Flasche Wein holen. Die Hunde lagen oben im Atelier auf ihrem Platz und schliefen. Als ich wieder hinaus kam, war Edelgard verschwunden.

Sie hatte die Decke auf der Wiese vor der Terrasse ausgebreitet und lag dort im Mondschein und blickte zu mir auf. »Leistest du mir Gesellschaft?«

Statt einer Antwort nahm ich die Gläser und die Zigaretten vom Tisch. Ich spürte ein Kribbeln in der Magengegend, war hin und her gerissen zwischen Angst und Ohnmacht, aufgeheizt und neugierig. Ob wir tatsächlich miteinander schlafen würden?

»Das mache ich oft, wenn ich nicht schlafen kann.« Stotterte ich etwa? Der Qualm unserer Zigaretten legte sich um die runde Silhouette des Mondes, der wohlwollend auf uns herabblickte. Mir schien, als lachte er mich aus. Dann, ohne Vorwarnung, nahm Edelgard mich in den Arm. Ich bekam einen leisen Schreck. Ich spürte ihren Atem auf meinem Gesicht, und mir wurde schwindelig. Ich überwand meine Scheu und erwiderte den Kuss ... und verlor die Kontrolle! Ich brannte darauf und fürchtete dennoch das Feuer, das mich innerlich aufzuzehren begann. Edelgard streichelte meinen Körper und meine Seele unendlich zärtlich, dass ich bereitwillig jede Berührung aufsog. Sie hatte mich auf den Rücken gedreht und ich spürte ihre Hand auf meinem Körper.

»Wie fühlst du dich?«, hörte ich sie fragen.

»Es ist wunderschön.« Ich nahm ihre Hand von meinem Busen und küsste jeden einzelnen Finger. »Du bist so zärtlich, wie ich es bisher nicht erlebt habe.«

Ihre Augen fragten mich, was ich wollte. Ich zog ihr das T-Shirt aus. Sie hatte eine makellose, bronzefarbene Haut. Sie war weich und warm. Ich beugte mich über sie und

streichelte meine ganze Sehnsucht heraus. Edelgard war die Erfahrenere; sie übernahm bald die Führung und begleitete mich in eine Welt, die mir bis dahin verschlossen gewesen war. Ich brannte darauf, sie kennenzulernen.
»Es ist besser, wir gehen hinein.«
»Ich habe Angst, obwohl ich es möchte.« Ich sah Edelgard ernst an. »Ich weiß noch wenig von mir.«
»Das wird sich ändern, vertrau mir.« Edelgard nahm mich bei der Hand, und ich fühlte mich wie ein Kind. »Du brauchst keine Angst zu haben.«
Als sie ihren Arm um mich legte und ich ihre Lippen auf den meinen spürte, meinte ich, nach Hause zu kommen. Nichts mehr war wichtig, es gab nur diesen Augenblick. Wohlige Schauer entlockten mir Edelgards Berührungen. Nie zuvor hatte ich es derart intensiv empfunden, nie zuvor war ich so begierig auf Zärtlichkeit. Ungern löste ich mich aus Edelgards Armen.
»Ich weiß nicht, was ich machen soll.«
»Ich kann mir denken, wie es in dir aussieht.«
»Und was machen wir jetzt?«
Eine halbe Ewigkeit später fand ich mich in der Wirklichkeit wieder. Draußen stimmten die ersten Vögel ihr Lied an, ein neuer Tag erwachte. Edelgard war gerade eingeschlafen, doch ich war viel zu aufgewühlt. Die Ereignisse der letzten Stunden waren so aufregend schön gewesen, dass ich die Stimmung nicht vergehen lassen wollte. Was ich mit Edelgard erlebt hatte, die neuen Zärtlichkeiten, die in einem Sturm der Ekstase geendet waren. Ich glaubte fast, ihre Hände noch auf meiner Haut zu spüren. Ich folgte ihnen gedanklich, wie sie sanft und zärtlich über meine empfindsame Haut glitten. Ich spürte ihre Küsse und streichelte unsicher ihr Gesicht.
Ihre Hände glitten derweil unbeirrt über meinen Körper, der sich ihr unvermittelt entgegenstreckte. Es war das

Schönste, was ich bisher erlebt hatte. Ich spürte Edelgards Atem auf meinem Bauch, die Zunge, die mit dem Bauchnabel spielte, um plötzlich tiefer zu gleiten. Nichts war vergleichbar mit dieser Zärtlichkeit. Ich spürte unbändiges Verlangen aufsteigen. Behutsam schob Edelgard die Lippen beiseite und strich über die Innenseiten, was einen wahren Sturm der Gefühle in mir auslöste. Ich hatte das Gefühl, über Wolken zu schweben – einer neuen, schöneren Zukunft entgegen, die mich all die Verletzungen der Vergangenheit vergessen ließ. Das war es, was ich gesucht und sehnsüchtig vermißt hatte – die körperliche Liebe zu einer Frau! Durch Edelgard war ich dem Geheimnis meiner Seele auf die Spur gekommen. Was mich am meisten erstaunte: Ich hatte es gewusst! Noch jetzt, wo ich entspannt dalag, ließ mich das Gefühl nicht los, endlich nach Hause gekommen zu sein.

Edelgard stand mit einem Tablett in der Hand vor dem Bett. »Frühstück gefällig? Guten Morgen.«
»Guten Morgen, Edelgard.« Ich rekelte mich. »Wie lange bist du schon wach?«
»Die Hunde wollten raus. Du hast geschlafen wie eine Tote.«
Erst viel später fanden wir den Weg ins reale Leben. Edelgard war eine gute Schwimmerin, kraftvoll schwamm sie voraus. Mitten in den Wellen nahm sie mich in die Arme.
Mir war so wohl, wie schon lange nicht mehr. Ich spürte die gleiche Erregung in mir, die mich am Abend befallen hatte. Wenn ich noch länger zu schwimmen versuchte, ging ich sicher unter wie ein nasser Sack. »Ich muss raus hier.«
Nur kurze Zeit später lag ich ausgestreckt auf meinem Handtuch. »Mich kriegen keine zehn Pferde hier weg.«

»Ist ja auch ein nettes Plätzchen.«
»Wenn du nicht gewesen wärest, hätte ich nie ein solches Gefühl erleben können.«
»Das lag nicht an mir. Wenn du nicht gewollt hättest, wäre es nicht dazu gekommen.«
»Nur was der Mensch kennt, vermag er zu vermissen. Und ich weiß endlich, was ich mein Leben lang vermisst habe!«
»Wenn ich nicht gewesen wäre, wäre es jemand anders. Solange du nicht bereust, was wir getan haben, wird es für dich schön bleiben, egal, wie sich dein Leben entwickeln wird.«
»Ich bin mir nicht sicher, was kommt.«
Ich dachte an Klaudia. Ob es mit ihr ebenso schön gewesen wäre? Mein Blick wanderte zum Horizont, wo die Sonne gerade ins Meer tauchte. Glutrot tünchte sie das Meer in violette Farben. Der Himmel war noch von strahlendem Blau. »Ich werde darüber nachdenken müssen.«
»Spüren reicht, den Rest bringt das Morgen.«
Nie zuvor war es mir vergönnt, mich bar aller Hemmungen und Zweifel hinzugeben! War ich jetzt lesbisch? Edelgard hatte mich total aus dem Konzept gebracht; vergessen würde ich die Tage mir ihr nicht. Und auch nicht die Nächte!

Zuvor hatte ich die Ruhe, die über dieser Landschaft lag, oft als bedrückend empfunden. Jetzt übertrug sie sich auf mich. Und ich wusste, dass ich genau das Richtige getan hatte. Ich war mir sicher. Ich stellte enttäuscht fest, dass ich nichts mehr von Edelgard gehört hatte. Ob sie mich vergessen hatte? War ich nur eine willkommene Abwechslung gewesen? Edelgard hatte mich offensichtlich abgehakt! Das alljährliche Dorffest war für alle ein großes Ereignis. Jedes Jahr wurde in einem anderen Dorf gefeiert, diesmal war unseres an der Reihe. Seit Tagen waren die Vorbereitungen in vollem Gange. Ich freute ich mich, dass ich dabei sein konnte. Dustin und ich folgten dem schmalen Trampelpfad, der an der Küste entlangführte. Santa war zu Hause geblieben. Sie hatte sich auf der Terrasse ausgestreckt. Ihr Blick sagte mir: Geh nur, aber komm wieder. Von Weitem war laute Musik zu hören, und als ich um die letzte Wegbiegung trat, lag das Dorf in froher Farbenpracht vor mir in herbstlicher Sonne. Die Männer und Frauen des Dorfes hatten ganze Arbeit geleistet.

Alle Häuser waren festlich geschmückt, auf den Straßen waren Grills aufgebaut, auf denen die ersten Fische und Braten einen einladenden Duft verbreiteten. Die Boote zierten farbenfrohe Bänder, und an den Rahen hingen Lampions. Sie dümpelten im Hafenbecken und harrten der Dinge, die noch kommen sollten. Dustin rannte den Hügel hinab, es zog ihn magisch zu den vielfältigen Düften, denen ich mich auch nicht zu entziehen wusste. Armer Dustin! Vielleicht erbarmt sich der ein oder andere und gibt dir was.

Pablo stellte Dustin eine Schale mit Wasser hin. Ich konnte mir aber denken, dass ihn der Duft von gebratenem Fleisch und Fisch viel mehr interessierte. Ich gebot ihm, bei mir zu bleiben. Er gehorchte widerwillig, für ihn war der ganze Trubel neu, aufregend und ansteckend. Unwillig knurrend ließ er sich zu meinen Füßen nieder.

»Wo sind denn die anderen?«, fragte ich.

»Pedro, Sancho und die Frauen sind draußen. Sie wollten gleich kommen.«

In diesem Augenblick sah ich ihn auf die Bar zukommen. »Guten Morgen zusammen.«

Er setzte sich zu uns. »Hast du dich schon umgesehen? Die Boote werden gleich gesegnet. Magst du dir das anschauen, Katharina?«

»Aber sicher, Pedro. Das gehört doch dazu.«

Im Hafen schaukelten Dutzende von Schiffen in den Wellen.

Auch Boote aus den Nachbardörfern zwängten sich in der kleinen Hafenanlage. Jedes Jahr ließen sie ihre Boote vom einzigen Pastor der Gegend segnen, als Schutz vor Gefahr. Gerade hielt er eine Ansprache zu den Fischern, die sich auf ihren Booten versammelt hatten. Pedro übersetzte für mich, weil ich nicht alles verstand. Anschließend segnete der Geistliche jedes einzelne Boot und die Fischer, bat um eine gesunde Heimkehr mit vollen Netzen. Als Höhepunkt beteten wir das Vater Unser.

Jetzt konnte das Fest beginnen. Die Menschen waren ausgelassen, fröhlich und ihre südländische Mentalität gab dem Ganzen für mich eine besondere Note. Ich begegnete einem älteren Fischer, der viele Jahre für eine deutsche Reederei gefahren war.

Er schwärmte von der Zeit, die er in Deutschland gewesen war. Doch die Reederei hatte schließen müssen. Da war er in die Heimat zurückgegangen und kaufte sich ein eigenes Boot. Er erinnerte sich gerne an Deutschland und war beeindruckt vom Fleiß und der Strebsamkeit der Menschen. »Der Portugiese ist da anders«, meinte er abschließend und in seinem Blick lag etwas Ernstes.

Die Frauen leisteten den Großteil der Arbeit an den Ständen. Wie so oft. Die Männer vergnügten sich bei Wein, Bier und Gesang. Und singen konnten sie! Dazu tanzten sie auf den Straßen ihre nationalen Tänze. Als die Sonne blutrot im Meer versank, begleitete ich Sancho, mit dem ich gerade eine Tarantella getanzt hatte, zum Hafen. Die Lampions leuchteten in der Dämmerung, der ganze

Hafen war ein Lichtermeer. Wie auf ein Zeichen machten alle Boote die Leinen los und fuhren hinaus auf das Meer.

Dustin und ich nahmen auf Sanchos Boot Platz. Vom Wasser aus sah das Dorf malerisch aus. Über allem schallten die Gesänge der Fischer. Romantisch und abenteuerlich. Nach der Ehrenrunde auf dem Wasser kehrten alle Boote in den Hafen zurück. Mich schauderte noch, als wir längst wieder festen Boden unter den Füßen hatten.

Wir wurden mit Gesang und Tanz empfangen. Dieser Teil des Festes hatte ebenso seinen Grund, seine Tradition. Jeder hoffte, stets mit aufrechtem Mast und vollen Netzen in den Hafen einzufahren. Ich hatte noch nicht bemerkt, dass ein kleiner Wanderzirkus seine Zelte auf einem Platz aufgeschlagen hatte. Dorthin zog die Karawane.

Der Zirkus bestand aus nicht mehr als im Halbkreis aufgestellten Stühle, auf denen Kinder und Erwachsene einträchtig auf den Beginn der Vorstellung warteten. Ich fand einen Stehplatz unter einem Baum und beobachtete das Geschehen. Die Kleinsten saßen mit großen Kulleraugen auf ihren Stühlchen oder dem Schoß der Erwachsenen. Mittendrin saßen die alten Frauen und stifteten den einen oder anderen Frieden, weil nicht jeder in der ersten Reihe sitzen konnte.

Die Vorstellung begann. Ein junges Mädchen in einem bunten Kostüm erschien, drehte ein paar artistische Pirouetten und entschwand dann unter großem Applaus der Zuschauer. Daraufhin verzauberte uns ein Magier mit seinen Künsten. Dann kam eine Horde kleiner Hunde in die Manege gerannt, sie führten ein paar Kunststückchen unter den wachsamen Augen einer Dompteuse vor. Auch wenn dies nicht mit der Klasse renommierter Zirkusvorstellungen zu vergleichen war, hatten alle ihren Spaß daran. Als dann der Zirkusdirektor als Clown wiederkam, grölten und klatschten die Zuschauer aufgeregt. Die Kleinen hielt es nicht auf ihren Stühlen und die Großen hatten glänzende Augen. Leider verstand ich nicht alles, was der Clown in die Menge rief, aber es riss mich mit. Die Menge zerstreute sich wenig später, als die Vorstellung endete. Die Frauen schnappten sich heftig protestierende Kleinkinder, die Größeren wandten sich den Spielbuden zu. Weit nach Mitternacht machte ich mich auf den Heimweg. Dustin war nicht aufzutreiben, sicher würde ich ihn morgen gesund und munter antreffen.

Erst am späten Vormittag brachte ein starker Kaffee meine Lebensgeister zurück. Die Müdigkeit verscheuchte ich mit einer kalten Dusche. Santa schaute mich aus ernsten Augen an und fragte sich wohl, was ich gemacht haben musste, dass ich jetzt erst aufstand. Sie schmollte, weil ich ohne Dustin zurückgekehrt war. Unwillig verzog sie sich auf ihren Schlafplatz. Mit mir würde sie heute sicher nicht mehr reden!
Nach einer weiteren Tasse Kaffee beschloss ich, allein ins Dorf zu laufen und Dustin zu holen. Die Luft war klar und ein frischer Wind vertrieb die letzten Folgen des Festes. Der Hafen lag schlaftrunken in der Mittagssonne, ein paar Männer bauten die Buden ab. Von den Frauen war weit und breit nichts zu sehen. Dustin fand ich in der Bar unter meinem Tisch liegend. Er erwartete mich mit großen Augen.
Gegen Mittag machte ich mich mit Dustin auf den Heimweg. Dieses Fest war tagelang Gesprächsthema. Immer neue Ereignisse und Anekdötchen kamen zur Sprache. Man durfte getrost die Hälfte glauben, was erzählt wurde. Die Fischer konnten herrlich erzählen, schwülstig und übertrieben, dass es Freude machte,

ihnen zuzuhören. Wenn die alten Fischer erzählten, wusste man kaum, wo die Wahrheit endete und das Seemannsgarn begann.

Eine dieser Geschichten erzählte von den Anfängen des Fischfangs in dieser Gegend. Damals wurden ab und zu noch Wale gefangen. Eines Tages verirrte sich ein besonders großer Wal in die Bucht. Den Fischer beschlossen, ihren Konkurrenten zu jagen.

Der Wal war aber schlau. Er ging ihnen nicht ins Netz. Da erinnerte sich einer an die Musikalität der Wale, holte seine Gitarre und begann zu spielen.

Ein anderer holte seine Mundharmonika hervor. Der Wal hörte die Musik und begann zu tanzen. Die Fischer spielten und spielten, und der Wal tanzte und tanzte. Nach vielen Stunden war der Wal müde und benommen vom Tanz, dass er ruhig auf dem Wasser lag.

Sie fingen ihn ein. Ich fand es schade, dass der Wal dran glauben musste. Wenn der Wein die Zungen löste, kam manch alte Geschichte in neuem Gewand zum Vorschein. Ich hörte sie immer wieder gern, regten sie doch meine Fantasie an.

Mit den Hunden machte ich wie gewohnt lange Spaziergänge, die für mich einen Ausgleich darstellten für die langen durchgearbeiteten Nächten. Von Edelgard hatte ich nichts mehr gehört. Sie hatte mich wohl vergessen. Schade, dachte ich, aber das ist wohl so.

In den letzten Tagen war das Wetter schlecht geworden. Es regnete tagelang aus schwarzen, dichten Wolken, die die Sonne nicht mehr durchließen. Über den Regen freuten sich die Bauern im Hinterland, ihre Felder mussten überwiegend von Hand gewässert werden, wenn der Regen zulange auf sich warten ließ. Die Stimmung unter den Dorfbewohnern glich den schwarzen Wolken über uns, bei dem Wetter waren die Netze nach Tagen noch leer. Das war bitter, wenn es länger dauerte. Die Stürme ließen es nicht zu, dass man Boot und Leben riskierte.

Annamaria

»Es ist nicht zu ändern. Santa ist tot, das Leben geht weiter. Aber du hast noch Dustin«, fügte Sancho hinzu, während wir in den Hafen zurückfuhren. »Der Tierarzt hatte doch keine andere Wahl, Katharina.«
Wir waren ganz früh am Morgen mit einem Boot hinausgefahren. Santa war in eine Decke gehüllt und mit Steinen beschwert. Mir blieb das Herz fast stehen, als ich der in festes Leinen gewickelte Santa über die Reling nachsah.
»Komm, trink das. Dann schmeckt der Abschied nicht so bitter.« Sancho reichte mir ein Glas. Ich würgte das Gebräu hinunter. Ich war immer noch fassungslos.
»Nun gut.« Ich straffte meine Schultern. »Das Leben geht weiter, wenn auch ich jetzt einen Platz mehr im Leben habe, der frei ist.«
»Dafür findet sich sicher jemand, der ihn gerne haben will. Und du hast noch Dustin.«
»Das stimmt.«
Um uns beide abzulenken, fuhr ich mit Dustin nach Lissabon. Dann konnte ich auch dem weihnachtlichen Trubel entgehen. Vielleicht käme ich so auch den Antworten auf meine unausgesprochenen Fragen näher, statt drauf zu warten, dass sie mich in meiner kleinen Bucht heimsuchten.
Am Cabo da Roca stellte ich das Auto ab. »Bei dem Wetter wundert mich nicht, dass wir hier allein sitzen«,

meinte ich zu Dustin. Der legte seinen Kopf auf meinen Schoß. Es war, als hörte ich ihn sagen:

Du bist doch nicht allein, ich bin ja bei dir. »Ich danke dir, mein kleiner Freund«, murmelte ich und kraulte ihn hinter den Ohren. Ich war nicht allein!

Hatte ich die Begegnung mit der Matrone am Kap wirklich erlebt oder war das ein Trugbild, ein Traum gewesen. Ich konnte es nicht mehr sagen. Das Meer bot mir auch keine Antwort, es brandete an die Felsen und der Wind fegte alle Worte hinweg.

»Aber sie hat recht, Dustin. Es ist egal, wen man liebt, wenn man es aus ganzem Herzen tut.«

Es war später Nachmittag, als ich mich vom Blick über das Kap lösen konnte. Vielleicht zerstreute Lissabon meine wirren Gefühle und unsteten Gedanken. Ich war unternehmungslustig genug, mich in den Trubel fallen zu lassen. Ich ließ mich in einem kleinen Bistro nieder. Müde lag Dustin unter meinem Stuhl. Hier waren überwiegend junge Leute, die sich angeregt unterhielten. Mit dem Glas in der Hand ließ ich meinen Blick schweifen. Mir fiel eine junge Frau auf, die allein am Tresen saß. Sie wirkte distanziert, fast deplatziert. Sie hatte blonden Locken, eine Seltenheit in diesen Breiten. Ob sie Ausländerin war? Ich konnte sie schlecht fragen. Was sie dazu sagen würde, wenn ich sie ansprach.

Dustin stand plötzlich auf und bahnte sich einen Weg an den Tischen vorbei. Ich folgte ihm mit dem Blick und sah, wie er zielstrebig auf die Frau zuging und vor ihr stehen blieb. Sie streichelte Dustin und hob suchend ihren Blick. Ich war inzwischen aufgestanden und ihm gefolgt. »Was machst du denn da, Dustin?«

»Der Hund hat mich eher aus Gedanken geholt, die weniger erfreulich sind.«

»Normalerweise macht er das nicht.« Ich reichte ihr die Hand. »Aber da er wohl eigene Interessen verfolgt, darf ich mich zu Ihnen setzen?« Sie nickte. »Das ist mein Hund Dustin und ich heiße Katharina.«

»Mein Name ist Annamaria.« Sie trank ihr Weinglas aus. »Wir können ruhig Du zueinander sagen.«

»Wieso kannst du so gut Deutsch?«

»Ich bin in Deutschland geboren. Meine Mutter ist Deutsche, mein Vater Portugiese.« Ihre blauen Augen lachten mich an.

»Ich lebe seit mehr als zwei Jahren hier.«

»Was treibt dich nach Portugal?«

»Ich lebe in Afife hoch im Norden, in meiner eigenen Bucht«, erwiderte ich. »Ich schreibe für ein paar kleinere Verlage.«

Annamaria malte und fotografierte für ein paar große Zeitschriften, wie sie mir erzählte. Und sie lebte in Porto. In Lissabon hatte sie ein kleines Appartement, dass sie nutzte, wenn sie hier zu tun hatte.

Die Müdigkeit, die mich noch vor Stunden überfallen hatte, war wie weggeblasen. Annamarias Stimme tat ihr Übriges, dass die Anspannung der letzten Stunden wich. Sie war weich und warm, ich hatte das unbestimmte Gefühl, dass sich hinter ihrem Lockenpony ein Mensch verbarg, der mir noch viel zu sagen hatte. Ihre Augen funkelten und sie wirkte anziehend auf mich. Meine Seele und ich rutschten unsicher auf dem Stuhl hin und her. Mir wurde abwechselnd heiß und kalt. Wie lange ich mich noch beherrschen und Frau meiner Sinne bleiben konnte, wusste ich nicht zu sagen. Ich bemühte mich, die Unsicherheit zu unterdrücken. Nach und nach fand ich zu einem ruhigeren Herzschlag.

»Katharina, was hältst du davon, wenn wir an die frische Luft gehen? Mir ist es hier zu eng.«

»Das ist keine schlechte Idee.« Dustin war auch unruhig geworden. »Er muss auch mal raus, denke ich.«

Wir verließen das Lokal und schlenderten durch das nächtliche Porto am Douro entlang. Die frische Luft tat uns gut. »Fährst du heute noch?«, fragte Annamaria.

»Ich werde die Nacht wohl im Auto verbringen müssen.«

»Ich mache dir einen besseren Vorschlag.« Annamaria blieb einen Moment stehen. »Du kommst mit zu mir, dann kannst du morgen früh ausgeruht heimfahren.«

»Das ist ein Angebot, das ich nicht ausschlagen kann.« Und auch nicht will, ergänzte ich in Gedanken. Eine Couch war allemal bequemer. Und ... weiter kam ich nicht.

Silbrig glitzerte der Vollmond mit dem Wasser um die Wette. Wie abgesprochen liefen wir ausgelassen zum Wasser hinunter. Ich ließ mich atemlos fallen. Annamaria fiel nach Luft schnappend neben mir in den Sand. Ihre Nähe verwirrte mich.

Du kennst sie doch nicht, mahnte mich mein Inneres. Und doch schien es mir so. War ich etwa drauf und dran mich in eine Unbekannte zu verlieben? Mit geschlossenen Augen lag ich dort und ließ mich auf weichen Wolken emportragen. Als ich die Augen öffnete, blickte ich in ein Augenpaar, das leuchtender nicht hätte sein können.

»Du machst mich verrückt.« Annamaria kam mit ihrem Gesicht näher. »Du hast etwas an dir, was mich nicht mehr klar denken lässt, seit wir uns begegnet sind.«

»Du bist auch nicht ohne«, brachte ich nur mühsam heraus. War dies ein Zeichen? War ich im Begriff, mich zu verlieben? Ich war unfähig, mich zu rühren, und plötzlich überkam mich das Verlangen, sie ganz und gar zu spüren. Was würde passieren, wenn ... wenn ich jetzt genau das täte, meinem Verlangen nachgeben? Ich hatte Angst,

dieses leise keimende Gefühl zu zerstören und damit Annamaria zu verprellen. Ich hielt es nicht mehr aus.
»Wir können nicht ewig hierbleiben. Komm, lass uns jetzt fahren.«
»Du hast es aber eilig!« Sie zog eine Grimasse. »Allerdings habe ich keine Einwände.« Da war es wieder! Dieses Leuchten in ihren Augen. Sollte ich in Annamaria einen Menschen gefunden haben, der mich verstand und der meine Gefühle erwiderte?
»Komm.« Sie nahm wie selbstverständlich meine Hand. Dustin folgte uns ausgesprochen irritiert, wie ich aus dem Augenwinkel bemerkte. Du wirst dich noch mehr wundern, mein Freund. Ich auch?
Dustin ließ sich gleich hinter der Tür unter dem Spiegel nieder. Sekunden später war ein leises Schnarchen zu hören. Als hätte er nur darauf gewartet! »Dein Hund scheint angekommen zu sein«, meinte Annamaria grinsend. »Aber er wird wohl das Beste verschlafen!«
»Und was soll das sein?«, fragte ich vorgeblich ahnungslos. Im Hintergrund hörte ich noch die leise Musik, ehe ich mich in Annamarias Armen wiederfand! »Ich wollte eigentlich nur Abwechslung und lande in deinen Armen!«
»Ach, ich dachte …« Annamaria sah mich an. »Sollte ich mich etwa getäuscht haben?«
»Worin solltest du dich getäuscht haben?« Ich küsste sie. »Den ganzen Abend hatte ich an wenig anderes denken können. Und vor nichts mehr Angst gehabt.«
»Ich habe es geahnt und gehofft.« Annamarias Augen leuchteten. »Ich will mit dir schlafen.«
Nichts anderes hatte mich den ganzen Abend beschäftigt. Und vor nichts anderem hatte ich mehr Angst, die sich mit einer unbändigen Freude paarte. Was sollte ich jetzt tun? Was erwartete sie von mir? Und wurden meine eigenen Erwartungen wahr? Der Abend mit Edelgard

kam mir in Erinnerung, und plötzlich wusste ich, dass es genau das war, was ich wollte. Ein weiteres Mal das Glück erleben, dass ich damals gespürt hatte. Und wenn es Annamaria war, sollte es mir recht sein. Sie ist meine Kragenweite, hätte ich jedem gesagt, der mich gefragt hätte. Ich schob die Gedanken beiseite und überließ mich der Umarmung. Ein wirres Gefühl breitete sich in mir aus und im nächsten Moment zählte nichts mehr. Annamaria nahm mich bei der Hand. »Dustin verschläft das Beste.«

»Er muss nicht alles wissen.« Ich lächelte. Ich wusste noch so wenig von der Liebe zwischen Frauen, dass ich beinahe zögerte, Annamaria ins Schlafzimmer zu folgen.

»Ich weiß nur, was ich will. Dich. Und deinen Hund nehme ich gerne dazu, nur nicht jetzt.«

Inmitten dutzender Kissen fand ich mich wieder. Sanfte klassischer Musik ließ die Luft vibrieren. Im Kerzenlicht schimmerte Annamarias Körper bronzen.

Eine ganze Weile lagen wir reglos nebeneinander. Getragen von zarten Violinen, die ein eufonisches Piano begleiteten, waren wir empfänglich für die körperliche Nähe und die wahrnehmbare Ungeduld, die mit jedem Augenblick stärker von uns Besitz ergriff. Unvermittelt lösten wir uns voneinander und liebkosten die Haut der anderen wie ein lauer Frühlingswind. Nichts brachte uns aus der Ruhe, unsere Berührungen folgten der Musik, ohne Eile, ohne Ziel und bewusst darauf aus wohlzutun. Ich hatte das Gefühl, unsere synchronen Bewegungen ließen auch unsere Herzen gleich einem Einzigen schlagen. Leise Strömungen pulsierender Erregtheit trugen mich wie auf Adlerschwingen fort, ich floh der räumlichen Enge in unendliche Weiten. Ich erlebte mich so gefühlvoll wie nie zuvor. Und mit jedem Augenblick breitete sich jene sinnliche Spannung aus, die nie gekannte Empfin-

dungen freisetzte. Während ich Annamaria behutsam liebkoste, spürte ich dieses feine Kribbeln, das sich wie ein Lauffeuer bis in mein Innerstes ausbreitete. Nichts war mehr wichtig, nichts als sie und ich. Diese Augenblicke inniger Vertrautheit, die plötzliche Wollust, fern aller Wirklichkeit und unzugänglich für alles mich Umgebende weckten in mir ein Feuer der Leidenschaft, dass ich nie zuvor erlebt hatte. Alles in mir verschmolz zu einer Sinfonie der Hingabe, die der Vollendung entgegen strebte. Als würden Takt für Takt neue Instrumente hinzugefügt, um schließlich ein großes Orchester zu bilden, potenzierten sich meine Empfindungen zu ungekannter Ekstase.
Pauken, Trompeten und Hörner belebten meine Sinne, Violinen streichelten meine Haut, und unsere Zungen tanzten einen eigenen Reigen, während die Hände Empfindungen zurückließen, die das gemeinsame Erleben mehrten. Annamaria alle Zärtlichkeit schenkend, zu der ich fähig war, strebte ich ihrer Venus entgegen, die sich bereitwillig öffnete, feucht und warm, begierig darauf zu empfangen. Sanft entflammten meine Finger die Vulva und die zartrosa Lippchen, die darauf erregt antworten. Sie streichelten die Pforte der Lust und spielten mit ihr wie von selbst.
Nunmehr schwoll die Musik an und ihre Schwingungen fügten sich in den Rhythmus, dessen Intensität und Tiefe mich hilflos werden ließen. Ich erlebte ein nie gekanntes loderndes Inferno, ein wahres Feuerwerk der Emotionen, das durch meinen Körper strömte und von der pulsierenden Vulva aus über die Haut entfaltete! Eins mit mir und den berauschten Gefühlen entlud sich meine leidenschaftlichen Empfindungen im lautstarken Finale. Weltvergessen für eine halbe Ewigkeit war alles um mich herum. Und noch länger dauerte es, ehe die letzten

Wogen der Ekstase verebbten. Der letzte Paukenschlag, die letzte Fanfare wurde von zart ausklingenden Violinen abgelöst. Die einsetzende Stille führte mich weich in die Gegenwart zurück.

Die Kerzen waren bis auf einen kärglichen Rest heruntergebrannt, als sich in mir wohlige Erschöpfung breitmachte.

»Das war gigantisch«, brachte ich mühsam heraus.

»Für mich auch, Liebes.« Annamaria wandte mir das Gesicht zu. »Du bist wahnsinnig!«

»Du nicht weniger.«

»Ich hätte nie gedacht, dass dieser Tag so endet.«

»Ich werde ihn jedenfalls so schnell nicht vergessen.«

»Schade, dass du so weit weg bist.«

»Das gilt für dich wohl auch, Annamaria.«

»Was kann ich dafür, dass du mir über den Weg läufst?«

»Schicksal.« Ich kuschelte mich noch enger an sie. »Das darf nicht vergehen.«

»Wer weiß, was es wirklich für uns bereit hält.« Hatte ich da gerade einen seltsamen Unterton in Annamarias Stimme vernommen? Ich schüttelte den Gedanken ab. Nein, das bildest du dir ein, mahnte ich mich. Ich spürte ihre nackte weiche Haut. Sie schaute mich an und sagte: »Du hast eine Art an dir, die es leicht macht, sich auszuleben. Und du wolltest es nicht anders.«

»Schade, dass die schönsten Augenblicke so kurz sind.« Ich setzte mich auf und griff nach den Zigaretten. Annamaria hatte sich angezogen. »Werden wir uns wiedersehen?«

»Aus der Welt bin ich nicht.«

Ich war verliebt bis über beide Ohren! Fernbeziehungen waren allerdings nicht mein Fall. Und doch zog mich etwas zu Annamaria, das weit über die sexuelle Anziehung hinausging. Wieso musste das mir passieren? Sah

man es mir an, dass ich begann, mich für Frauen zu interessieren? In beiden Fällen hätte ich mich dagegen wehren können, hatte es aber nicht getan. Annamaria war mir so nah gekommen, wie bisher kein anderer Mensch. Ob meine Gefühle deswegen lesbisch waren, konnte ich immer noch nicht sagen. Das, was ich erleben durfte, war aber gelinde gesagt das Schönste. Annamaria war so zärtlich, dass ich mich unweigerlich verlieben musste. In ihre Zärtlichkeit oder in ihre Person oder beides?
Nichts ist vollkommen, schon gar nicht der Mensch – und mit ihm auch nicht seine Gefühle. Was gibt mir denn die Sicherheit, dass meine Empfindung recht und echt ist? Wenn ich einem Menschen begegne, der mir ein Stück näher rückt als andere, wenn dieser – und sei es auch nur zeitweise – meinem Urbedürfnis gerecht wird, wenn dieser in mir ‚lebt', wenn ich ein Bild von ihm – und sei es auch unvollständig – in mir trage. Ist Liebe ausschließlich absolut zu betrachten?

Ist Liebe teilbar, an mehrere Personen gleichzeitig oder nacheinander verschenkbar? Wie sonst ließe sich erklären, dass ich in meinem Leben schon einigen Menschen begegnet bin, denen ich gestehen konnte: Ich liebe dich. Aber vielleicht ist Liebe auch die größte Lüge, zu der wir fähig sind. Wie sonst ließe sich erklären, warum und weshalb dieses Gefühl an anderer Stelle, an einem neuen Tag, in einem anderen Leben anders definiert wird, gar geleugnet werden kann. Wie anders ist zu erklären, dass ich glaube, meinen Mann aufrichtig geliebt zu haben. Und doch blieb im Schluss nur Bitterkeit übrig. Jener bittere Beigeschmack, der mich heute nicht mehr fähig machte, den Augenblick zu genießen. Der mich davor bewahrte, vorschnell alle Pfeile zu verschießen.

Ist es wirklich nur ein Spiel, dessen Regeln jedes Mal neu geschrieben werden? Das Teenager-Gefühl, das oft vorschnell mit Liebe beschrieben wird, das erotische Spiel, das der Liebe eine ganz neue Bedeutung beimisst? Die Liebe lässt verzeihen, dulden, wenn etwas nicht so läuft, wie man es gerne hätte. Sie lässt einen nicht los und macht doch frei.

Edelgard war der passende Schlüssel, der meinen inneren Toren die Riegel nahm. Ich erhob doch nur den Anspruch auf ein bisschen Liebe, wenn schon nicht die Große kommen mochte. Gleichzeitig war ich weiter auf der Suche nach einem Menschen, der mir all das geben und sein konnte, was ich für ihn sein wollte.

Zu meiner Definition von Liebe gehörten Ehrlichkeit, Vertrauen, Treue und Zuverlässigkeit. Uneingeschränkt, absolut und bedingungslos.

Wie wenig konnte ich die Stille um mich herum ertragen, die mich in meiner Bucht empfing. Ich stand auf der Terrasse und sah hinauf zu den Sternen. Mir schien, als hätte ich nirgends auf der Welt ein schöneres Firmament gesehen. Das Meer schlug leise an den Strand und die Felsen.

Dustin war mir nach draußen gefolgt; er stand neben mir und war wohl mit ähnlichen Gedanken beschäftigt. Er blieb einen Moment am Ufer stehen. Dann kam er ausgelassen auf mich zugelaufen. Traurigkeit bahnte sich ihren Weg. Wäre doch Annamaria jetzt bei mir!

Die Landschaft verharrte im Winterschlaf. Stundenlang marschierte ich mit Dustin durch die einsame Gegend. Ich dachte an Annamaria, an diesen glücklichen Zufall, den ich meinem Hund zu verdanken hatte. Wenn ich an die Stunden mit ihr dachte, wurde mir warm.

Wenn ich mit Dustin vom Abendspaziergang zurückkehrte, machte ich es mir mit einem Glas gemütlich. Annamaria ging mir nicht aus dem Sinn. Sie hatte bisher noch nicht angerufen, und die Tage gingen dahin. Ich litt! War das wieder so etwas wie mit Edelgard. Kam, sah und liebte! Und aus den Augen, aus dem Sinn? Wie gern hätte ich sie jetzt bei mir! Ich würde einfach am kommenden Wochenende nach Porto zu fahren, beschloss ich.

Ich wusste nicht, was mich erwartete und ob ich Annamaria wiedersehen würde. Leider hatte sie kein Telefon, sodass ich mein Kommen nicht ankündigen konnte. Schade. Aber ich wollte es wissen! Was, wenn es ein Fiasko wurde? Was, wenn ich einen Fehler machte? War die ganze Sache ein Fehler? Ich versuchte die Angst, die den Nacken hinaufkroch, zu beschwichtigen. Ich konnte doch nur gewinnen! Egal, was passierte. Und ich wollte sie wiedersehen! Ich lenkte meinen Wagen in den Hafen und parkte in einer Seitenstraße. Vor einer unscheinbaren Kneipe blieb ich stehen. Die Tür war geschlossen, doch es brannte Licht. Ich brauchte nur noch hineinzugehen. Ich schaute erst einmal auf die Karte, die neben der Tür aushing, und lachte laut auf: Ein Kaffee kostete mit Sahne weniger als ohne. Das konnte nur ein Druckfehler sein! Ich nahm all meinen Mut zusammen und drückte die Klinke nieder.

Der Schankraum war klein und gemütlich eingerichtet mit zierlichen Tischchen. Ich setzte mich auf einen der ersten Stühle, den ich zu fassen bekam. Mein Herz pochte.

An einem langen Tresen mit Barhockern hantierte eine Frau mit Gläsern. Sie schaute kurz auf, ein neugieriges Lächeln im Gesicht.

Die beiden Frauen am Tresen unterhielten sich angeregt. Sie beachteten mich nicht. Um meine Unsicherheit zu kaschieren, vertiefte ich mich scheinbar in eine daliegende Zeitschrift.

»Hallo, was darf ich dir bringen?« Die Wirtin stand plötzlich vor mir.

»Ich hätte gern einen Kaffee mit Sahne«, stammelte ich und fügte ruhiger hinzu: »Am besten den mit Sahne für den Preis von ohne.«

»Ach, hast du das auch schon bemerkt? Ein Druckfehler.«

»Einer, der zieht«, konterte ich. Meine Befangenheit wich gespannter Erwartung.

»Kommt gleich.«

Meinte ich das nur, oder lag um ihre Lippen ein kleiner spöttischer Zug?

Wenig später saß ich vor meinem Kaffee und ließ meinen Blick schweifen. Der Laden füllte sich. Der Umgangston war ungewohnt weich und warm. Ich fühlte mich wie in Watte gepackt. Mir liefen Schauer über den Rücken.

»Katharina, was treibt dich hierher?«

Die Stimme kannte ich! »Annamaria.«

»Da bist du ja.« Sie strahlte mich aus ihren blauen Augen an. »Seit wann bist du hier? Hast du Dustin nicht mitgebracht?«

»Der muss einmal ohne mich auskommen. Ich hatte Sehnsucht nach dir! Wenn du mich überhaupt hierhaben willst«, fügte ich lachend hinzu.

»Richte dich auf einen längeren Zeitraum ein«, konterte Annamaria lachend. »Ob Dustin das überlebt?«

»Der ist gut versorgt und hungert nicht.« Aber ich, fügte ich still hinzu. Ich fühlte mich beschwingt und glücklich, der Abend wurde richtig schön.

»Kannst du dir vorstellen, dass ich mich heute als glücklichster Mensch auf Erden betrachte?«

»Mir geht es nicht anders.« Annamaria drückte mir einen Kuss auf die Lippen. »Es steht dir ins Gesicht geschrieben.«

»Kann man das sehen?«

Wie von selbst lenkten unsere Schritte zu ihr nach Hause. »Kannst du nicht warten, bis wir wenigstens die Jacken ausgezogen haben?«, mahnte sie mich. Ich hatte sie gleich hinter der Tür in die Arme genommen und drückte sie fest an mich.

»Es wird mir schwerfallen«, flüsterte ich und löste mich aus der Umarmung. Annamaria zündete die Kerzen auf dem Tisch an und legte Musik auf. Als ich mich umdrehte, saß sie auf dem Sofa und bot mir den Platz neben sich. Ich reichte ihr das Glas und setzte mich zu ihr. Mir schien es eine Ewigkeit her zu sein, dass ich das erste Mal hier gesessen hatte. Dabei waren es nur wenige Tage. Für Nichts wollte ich diese Minuten gegen meine einsamen Stunden eintauschen.

In die Stille hinein sagte Annamaria: »Ich habe dich vermisst.«

»Ich habe dich auch vermisst.« Ich erwiderte ihren leidenschaftlichen Kuss. »Ich hatte Zeit nötig, meine Gedanken zu sortieren.«

»Und weißt du jetzt, was du willst?«, fragte sie.

»Ja. Weißt du, was ich jetzt am liebsten täte?«

Sie nickte stumm. Meine Finger fuhren über ihren Körper und öffneten ungeduldig die Knöpfe ihrer Bluse. Sie gab immer noch keinen Ton von sich. Ich folgte meinem Gefühl und meinen Fantasien. Sachte untersuchte ich jeden Zentimeter ihrer Haut. Ich liebte diese seidig glänzende Haut, diese Frau, die hier unter meinen Händen zu beben begann. Für nichts auf der Welt würde ich Annamaria wieder hergeben! Das wurde mir allzu deutlich. Sie strich zärtlich über meine Haut und jede

Berührung jagte mir einen wohligen Schauer nach dem anderen durch den Körper. Meine Anspannung wich dem Gefühl, dass es nie mehr anders sein dürfte.

Ich sah ihre Augen im Kerzenschein funkeln. Die Musik umarmte unsere Welt mit weicher Stimme. In diesem Augenblick wusste ich, dass ich dieses Gefühl, eine Frau zu lieben, nicht mehr gegen die ungewisse Zukunft in den Armen eines Mannes eintauschen wollte.

»Schau mir in die Augen, habe ich gesagt und nicht gewusst, was ich sehen würde. Jetzt, wo du meinen Blick erwiderst, wäre es vielleicht besser gewesen, ich wäre blind«, flüsterte ich.

Über ihr Gesicht huschte ein Lächeln. »Katharina, eu te quero bem tal como é possível a um pobre homem. Ich habe dich lieb mit meiner armseligen menschlichen Liebe.«

»Ich liebe dich auch, Annamaria. Com todo o coração, aus ganzem Herzen.« Es zählte einzig das Jetzt.

Dustin hatte mich nicht sonderlich vermisst, er tollte eine Weile im Sand, dann legte er sich schlafen. Ich nutzte die Zeit, um ein paar Schritte zu laufen. Unter einer der Pinien, die den Strand säumten, ließ ich mich nieder. Ich war aufgewühlt wie das Meer. Ich dachte an das zurückliegende Jahr mit all seinen Ereignissen, an Klaudia, Edelgard und an Annamaria. Mit Klaudia hatte alles angefangen, Edelgard war ein – wie ich fand – wichtiger Meilenstein. Und Annamaria ließ mich alles zuvor Gewesene vergessen. Ich durchlebte Stunden der Zärtlichkeit, das seltene Einvernehmen zwischen uns und die Unbeschwertheit meiner Gefühle.

Ich liebte Annamaria mit jeder Faser meines Herzens. Und ich vermisste sie, kaum dass ich gefahren war. Lächelnd erinnerte ich mich an die Stunden mit ihr. Ich liebte sie. Wie schwer war es, eine Fernbeziehung zu führen? Wollte ich das, konnte ich das? Und Annamaria? Liebte sie mich, wie ich sie?

Die Antworten kamen am Abend.

»Ich vermisse dich so sehr. Was hältst du davon, wenn ich morgen komme?«

»Ob du dich bei mir allerdings erholen kannst, wage ich zu bezweifeln! Du musst es wissen.«

»Wenn du mich nicht sehen willst, brauchst du es nur zu sagen«, schmollte Annamaria. »Ich werde mein Malzeug mitbringen. Dann bist du fällig!«

»Was hast du vor, Liebes?« Ich ahnte nichts Gutes.

»Ich möchte einen Akt von dir machen.«

»Das meinst du nicht ernst«, sagte ich entrüstet.

»Doch. Ob du willst oder nicht, ich werde dich malen. Ich lasse das Hässliche weg.«

»Dann kannst du es gleich sein lassen«, konterte ich.

»Ich bin kein Profimodell«, war mein nächster Versuch. Er scheiterte kläglich.

»Das ist doch wurscht! Ich will dich malen. Basta!«

Für nichts auf der Welt wollte ich diesen Moment missen. Ungeduldig und zugleich in mir ruhend beobachtete ich Annamaria, deren Kopf immer mal wieder an der Staffelei vorbeisah. Ich lauschte den Vögeln, den Wellen und den Pinselstrichen, die über die Leinwand fuhren. Meine Leidenschaft und meine Liebe zu dieser Frau wuchs mit jedem Augenblick. Annamaria hatte mir der Himmel geschenkt!

»Das war es.« Sie legte den Pinsel weg und grinste hinter der Staffelei hervor. »Mit dir bin ich fertig.«

»Aber ich nicht mit dir. Dafür wirst du büßen müssen, meine Liebe!«

»Das kann ja heiter werden!«

»Worauf du dich verlassen kannst«, entgegnete ich. Ich war der glücklichste Mensch auf der Welt, und Annamaria war ein Teil davon.

Ich konnte endlich auch vor mir selbst gestehen, eine Frau zu lieben. Ich tat mich noch schwer, mich offen als lesbisch zu bezeichnen. Aber was sollte ich sonst sein?

Wochen später, erreichte mich die ersehnte Post vom Scheidungsanwalt. Mir fiel ein Brocken vom Herzen. Endlich! Der Termin für die Scheidung stand fest. Damit wäre dieses Kapitel vorbei! Der Scherbenhaufen war unübersehbar. Wie würde das werden, sich nach der langen Zeit wieder zu begegnen? Ich war froh, damit abzuschließen, andererseits wühlte dieser Termin vergessen geglaubten Groll auf. Die letzten gemeinsamen Monate, in denen ich so viel Leid hatte ertragen müssen, hatten ihre Spuren hinterlassen.
Ich musste mir jedoch den Vorwurf gefallen lassen, nichts unternommen zu haben. Ich hatte Jahre darauf verwandt, seine Meinung zu grundsätzlichen Dingen wie Partnerschaft und Zukunft zu erkunden. Nie hatte ich erhellende Antworten erhalten. Sie blieben ebenso unbefriedigend wie die Nächte, in denen er angetrunken aus der Kneipe kam und sein »eheliches Recht« einforderte. Zum Schluss hatte ich ihn dafür gehasst, doch ich war finanziell und wohl auch emotional abhängig gewesen. Ich hatte nicht von selbst gehen können. Am Ende hatte er sich gewaltsam genommen, wozu ich freiwillig nicht bereit gewesen war. Und mich dann ‚ausgetauscht'.

Gottlob war ich zu diesem Termin nicht allein gefahren. Klaudia hatte sich angeboten, mich zu begleiten. Später saßen wir in einem Café und ich spülte den faden Beigeschmack runter. Nur langsam konnten wir uns von diesem Thema lösen. Ich musste mich allen Ernstes fragen lassen, wie ich mich in diesen Mann hatte verlieben können. Einzige Erklärung: Er war da gewesen, als ich ihn gebaucht hatte. Dass er nicht hielt, was er versprach, hatte ich ja nicht wissen können. Letztlich musste ich aber allen recht geben, die mich zuvor gewarnt hatten. Nicht zuletzt meiner Mutter.

Klaudia war inzwischen in einer neuen Beziehung. Das freute mich für sie. »Dann geht es dir sicher gut.«

»Ja, er ist wirklich lieb, vor allem zu Patrick, der schon Papa zu ihm sagt.«

»Das lässt hoffen«, meinte ich.

»Und du? Du könntest jetzt zufrieden sein. Die Ehe ist Geschichte. Und doch ziehst du ein Gesicht.«

»Nun ja. Die Ehe ist tatsächlich Geschichte.« Ich nahm einen Schluck Kaffee. »Doch meine eigene macht mir zu schaffen.«

»Wo siehst du da ein Problem? Wenn du meinst, dass dies der richtige Weg ist, gehe ihn, aufrecht, ehrlich und genieße es, deine Gefühle ausleben zu können. Ich finde nichts dabei«, fügte sie hinzu.

»Das ist wohl wahr. Wenn ich nur an all die leidigen Geschichten denke, von Menschen, die sich geoutet haben. Leichter wird das Leben dadurch nicht.«

»Lass doch die anderen! Es geht um dich. Wenn du damit glücklich bist, dann ist es so.«

»Was wohl meine Mutter dazu sagt?«

»Meinst du, meine Mutter findet uneheliche Kinder toll. Aber sie liebt Patrick trotzdem.«

»Das ist doch was Anderes, Klaudia. Wenn ich mich oute, habe ich ganz sicher ein Problem. Nicht nur mit meiner Mutter.«

Bei meiner Rückkehr fuhr ich im Hexenkessel vorbei. Ich wollte Annamaria unbedingt vom Ausgang der Scheidung berichten. Die Wirtin empfing mich mit traurigem Blick.

»Wo ist Annamaria?« Ich sah Maria erwartungsvoll an.

»Annamaria kommt heute nicht.« Ihre Miene verdunkelte sich. »Katharina, sie wird nie mehr kommen!«

Nur stückweise verstand ich, dass Annamaria von einem Raser über den Haufen gefahren worden war! Sie hatte keine Chance gehabt!

Alles, was danach passierte, lief ohne mich ab. Das konnte nicht wahr sein! Einmal hatte ich mein Herz verschenkt und mich unendlich glücklich gefühlt. Einmal hatte ich ein Herz gefunden, das wie meines schlug. Jetzt stolperte es und unter mir tat sich ein Abgrund auf.

Meine Augen hatten keine Tränen mehr. Alles war wie tot in mir und der sonst brodelnde Hexenkessel war wie erstarrt. Es gab nichts mehr zu sagen. Ich hatte hier Menschen kennengelernt, die aufeinander achtgaben. Jedes Mal, wenn ich zur Tür hereinkam, war es, als träfe ich Schwestern. Und wenn eine von ihnen nicht dabei war, fehlte etwas.

Ich dachte an die Tage und Wochen mit ihr zurück. Es waren die Schönsten, an die ich mich erinnern konnte. Dass das alles jetzt, für immer vorbei sein sollte, konnte ich kaum akzeptieren. Mir blieb jedoch nichts Anderes übrig. Ich hatte das Bild und ihre Worte: Ich liebe Dich aus vollem Herzen und mit aller Kraft.

Helena

Ich stand früh auf, duschte ausgiebig und machte mir das erste vernünftige Frühstück seit Tagen. Dustin lief fröhlich hin und her. Mit einem großen Satz stob er hinaus auf die Terrasse, lief zum Strand hinunter bis ans Wasser, stoppte und sah sich zu mir um.

»Beruhige dich, mein Freund.« Ich setzte mich mit einem Kaffee auf die Terrasse. »Lass mich erst frühstücken.«

Ich lebe wieder! »Was hältst du von einem Abstecher nach Porto?«, fragte ich ihn. Er sah mich aufmerksam an, als wollte er sagen: Das ist eine gute Idee.

Meinen Wagen parkte ich im Hafenviertel. Wir liefen durch die pulsierende Altstadt. Freitags war Fischmarkt, und überall tönten die Marktschreier, ihren frischen Fang unter die Leute zu bringen.

Ich gönnte mir ein paar neue Anziehsachen, die dort auf langen Tischen angeboten wurden. Dustin bekam von einem Händler einen Fischkopf geschenkt, den er gierig verschlang. In fröhlicher Stimmung betrat ich den Hexenkessel.

»Hallo, Katharina, du treulose Tomate. Wie geht es dir?«

»Hallo, Maria.« Ich setzte mich zu ihr an den Tresen. Außer mir war noch niemand da. Ich war froh darüber, so konnte ich mit Maria reden. »Es geht mir jetzt endlich besser.«

Sie stellte mir einen Kaffee hin. »Wo hast du die ganze Zeit gesteckt?«

»Ich habe Zeit gebraucht, über Annamarias Tod hinwegzukommen. Ich musste das allein ausfechten. Außerdem lagen ein paar dringende Arbeiten an. Ich konnte und wollte niemanden ertragen. Am wenigsten mich selbst.«

»Wir haben uns schon Sorgen gemacht, weil du auch nicht ans Telefon gegangen bist. Hauptsache, es geht dir wieder gut. Magst du noch einen Kaffee?«

»Ja, gerne. Wie habe ich das vermisst!« Ich stieß einen tiefen Seufzer aus und spürte die Befreiung.
»Es geht aufwärts, junge Frau«, meinte eine Frau neben mir. Ich kannte sie nur flüchtig unter dem Namen Helena.
Sie erinnerte mich mit ihren kurzen, dunklen Haaren an Klaudia. Aus ihren Augen strahlte der Schalk, ihre Stupsnase zierten ein paar Sommersprossen.
»Die Frage ist, wohin?«
»Immer nur vorwärts, niemals zurück.« Ihr Blick wurde ernst. »Ich will mit dir reden. Komm mit. Maria hat mir das mit dir und Annamaria erzählt. Du kannst dich nicht vergraben. Davon wird es nicht besser. Und sie nicht wieder lebendig.«
Ich hatte die Hände in den Hosentaschen vergraben. Was fiel ihr ein, sich in mein Leben einzumischen, war mein erster Gedanke.
Doch dann beruhigte ich mich. »Ich habe Annamaria verdammt gern gehabt«, entgegnete ich entschuldigend. »Sie war die erste wirkliche Liebe in meinem Leben. Sie hat mir gezeigt, was Liebe sein kann. Das kann und will ich nicht vergessen.«
»Wenn die Liebe wieder an dein Herz klopft, werden sich die Türen von selbst öffnen.« Helena küsste mich auf die Wange und ließ mich einfach stehen. Perplex sah ich ihr nach. Diese Worte hatte ich doch schon einmal gehört!
»Wenn du willst, dann setze dich zu mir.« Helena hatte an einem Tisch in der hinteren Ecke Platz genommen und winkte mir. Ich nahm meinen Kaffee und setzte mich zu ihr. Was ich von ihr erwartete, wusste ich nicht. Aber vielleicht, sagte ich mir, schadet es nicht.
»Ich weiß, ich habe es selbst auch schon erlebt. Ich habe aus dieser Talsohle herausgefunden, weil man mir das Gleiche gesagt hat.

Und seither kann ich das besser ertragen.« Sie nippte an ihrem Glas Wein.»Der andere ist für dein Glück weder erforderlich noch verantwortlich. Zu zweit glücklich sein, bedeutet für jeden, auf sich zu schauen. Und wenn beide das gleiche Ziel haben, können sie ihren Weg gemeinsam gehen, gleichgültig wie lange. Manche Beziehungen überdauern eine Nacht, andere halten ein ganzes Leben.«

Mir liefen Schauer über den Rücken. »Ich denke, ich verstehe«, stammelte ich. »Das habe ich auch schon mal gehört.
Was ist Liebe, wenn sie ebenso schnell vergeht, wie sie angeflogen kommt? Was ist Liebe, wen sie teilbar ist und ein Augenblick genügt, das Feuer zu löschen, das der gleiche Augenblick entfacht hat? Was ist Liebe, wenn man sich nicht sicher sein kann? Woher weiß der Mensch, dass er den Richtigen liebt? Und wie bewahrt man sich das Gefühl über jede zeitliche und räumliche Grenze hinweg?«

»Diese Fragen habe ich mir auch gestellt, Katharina – nachdem ich die Matrone getroffen habe.«

»Oder sie uns«, ergänzte ich. Dabei legte ich meine Hand auf ihre. »Sie scheint eine Schlüsselrolle zu spielen. Komisch.«

»Donna bin ich in einem ähnlich traurigen Augenblick begegnet. Erst da habe ich verstanden, was mein Weg ist.«

»Auch wenn die Standpauke von vorhin nicht in mein Konzept gepasst hat, bin ich froh, dir begegnet zu sein.«

Sie sah mich an. »Ich möchte dir zeigen, dass das Leben weitergeht. Auch ohne alle Annamarias dieser Welt.«

Ich mochte Helena, sie war nett und obendrein hübsch. Es wunderte mich, dass es mir tatsächlich auffiel. Wir unterhielten uns angeregt über unsere Erlebnisse mit der

Matrone. Sie glichen sich. »Wer weiß, wem sie alles über den Weg läuft?«

»Manchmal zweifle ich, ob sie je am Cabo gewesen ist. Aber ich weiß, dass ich dort war.«

»Ich weiß auch, dass ich dort an der Kapelle stand«, meinte Helena. »Sie kam geradewegs auf mich zu. Als hätte sie der Himmel geschickt.«

»Oder sie ist doch die Hexe aus einem Märchen.«

»Dann aber eine von den sehr Guten.«

»Wenn ihr nicht bald zum Ende kommt, werde ich eine von den bösen.« Maria zeigte auf Dustin, der winselnd an der Tür stand. Die Uhr darüber zeigte weit nach Mitternacht. »Du vergisst über euer Gespräch die Bedürfnisse deines Hundes«, mahnte Maria, »und die meinen. Ich bin müde.«

Armer Dustin! »Dann werde ich mich aufmachen.«

»Du willst doch jetzt nicht nach Hause fahren?« Helena zeigte auf mein Bier.

»Dann werde ich Maria wohl um Asyl fragen müssen.«

»Ich habe eine bessere Idee. Du kommst mit zu mir.«

»Dann lass uns gehen.«

Dustin war froh über den Auslauf, er sah sich nach einer Stelle um, wo er sich erleichtern konnte. Aus meinem Auto holte ich das Notwendige und wenig später fuhren wir aus der Stadt.

Weit nach Mitternacht erreichten wir endlich einen kleinen Bauernhof, der nicht mehr bewirtschaftet wurde, wie mir Helena erklärte. Meine Müdigkeit war wie weggeblasen.

Mit einem Becher Kaffee ließen wir uns auf dem Boden im Wohnraum nieder.

»Du hast es schön hier. Richtig gemütlich.«

»Morgen zeige ich dir alles. Doch jetzt ... jetzt bist du dran. Mach die Augen zu.« Überrascht schloss ich die Augen. »Und was jetzt?«

»Verabschiede dich von ihr. Ich weiß, dass es nicht leicht ist. Das Leben geht weiter. Lebe hier und jetzt.«

Vor meinem geistigen Auge tauchte das Gesicht von Annamaria auf. Sie lachte, ich konnte es hören. Ihr Atem streifte meinen Arm, mein Gesicht. Wie von fern drang Musik an meine Ohren, ihr Gleichklang umarmte mich. Meine Augen füllten sich mit Tränen und ich ließ mich fallen. Da spürte ich, wie mich jemand auffing. Die Musik starb auch das Lachen und mit ihm das Bild. Mühsam öffnete ich meine Augen und blickte in Helenas Gesicht. Eindringlich meinte sie: »Es gibt noch andere Dinge im Leben als die Erinnerung. Trauer darf dich nicht beherrschen. Sage ihr: Auf Wiedersehen.«

»Wie soll das gehen?«, fragte ich verwirrt.

»Nimm sie in deiner Vorstellung einfach in den Arm und verabschiede dich.« Helena sah mich ernst an. Ich war skeptisch, mich befremdete diese Vorstellung. Doch ich tat, wie sie sagte.

Die Musik drang zu mir wie durch einen feinen Nebel. Und plötzlich sah ich sie, Annamaria. Sie schaute hinter der Staffelei hervor. Ihr helles Lachen erfüllte die Luft. Dann kam sie auf mich zu und ich hörte sie sagen: Ich liebe dich. Aber es ist Zeit für dich zu gehen.
Wo ich auch bin, dein Bild wird mich begleiten. Doch nun geh. Ich flüsterte: »Lebe wohl, Annamaria.« Während sie im Nebel verschwand, liefen mir die Tränen hinunter. Leichtigkeit blieb.

»Helena.« Ich schlug die Augen auf. »Was war das?«

»Ein kleiner Abschiedsgruß von Donna.«

»Mach doch ein paar Wochen Urlaub, wenn du das Buch fertig hast«, hatte Helena beim Frühstück gesagt. Die Nacht hatte ich auf der Couch verbracht.
»Wie stellst du dir das vor? Wohin denn?««Einfach irgendwohin. Das Ziel ist völlig egal, Hauptsache, weit weg. Andere Eindrücke. Das macht wirklich frei.«
Norwegen oder Skandinavien? Oder in den Süden? Griechenland? Türkei? Irgendwie fand ich die Idee verlockend. Seit Tagen überlegte ich hin und her. Ob ich das richtige Ziel finden würde?
Ich parkte aus Gewohnheit im Hafenviertel und betrat das erstbeste Reisebüro, an dem ich vorbeikam. »Die ganze Welt liegt Ihnen zu Füßen. Sie brauchen nur zuzugreifen« stand in großen Lettern über dem Schaufenster. Dutzende Plakate mit Zielen aus aller Welt versuchten, Eindruck zu machen. Doch ich sah nichts, was mich ansprach. Die mussten doch etwas haben, dass mir gefallen konnte. Entschlossen betrat ich das Geschäft.
»Guten Tag. Ich brauche Urlaub.«
Der junge Typ hinter seinem Schreibtisch wies grinsend auf die riesige Regalwand mit Prospekten. »Es muss nicht immer gleich die ganze Welt sein. Das Richtige werden wir schon finden«, meinte er mit einem freundlichen Lächeln. »Setzen Sie sich, bitte.«
»Irgendwas von Türkei bis Skandinavien. Ich muss mal weg hier.«
»Soll es eine Gruppenreise sein, oder eher etwas Individuelles?«
»Gott bewahre!«, entgegnete ich gespielt entrüstet. »Eine Gruppenreise wäre das Letzte! Aber es darf ruhig etwas Besonderes sein.«
Da mischte sich ein älterer Kollege ein. »Dann hätte ich vielleicht was für Sie, junge Frau. Ein Holzfällercamp in den Wäldern Norwegens. Was halten Sie davon? Holz-

hütte am Fluss, preiswertes Pauschalangebot. Aber so individuell wie nur möglich. Wäre das vielleicht etwas für Sie?«

Ich stellte mir die Einöde Norwegens vor. Oh weh! Noch einsamer als hier? Aber warum eigentlich nicht? Da käme ich sicher auf andere Gedanken. Und hätte vielleicht sogar Ruhe zum Schreiben.

»Es hat gerade jemand eine Hütte gebucht. Die Dame sucht noch eine Begleitung, weil sie die Kosten halbieren will. Denn es ist nicht ganz billig«, fügte er hinzu.

Das klang wirklich gruselig. Mit einem mir unbekannten Menschen eine Hütte in den verlassenen Wäldern Norwegens teilen. Was, wenn das ein Fiasko würde? Was, wenn man sich so gar nicht riechen konnte? Andererseits reizte mich gerade das.

Der nette ältere Herr sprach unbeirrt weiter: »Sie werden von hier aus nach Oslo fliegen und dort mit einem Bus zur Hütte gefahren werden. In vierzehn Tagen geht es los. Das Angebot ist auf drei Wochen angelegt, kann aber problemlos vor Ort verlängert werden.«

Ich nickte. Ich würde mich auf das Abenteuer einlassen, mit einem Menschen, den ich nicht kannte, drei Wochen in der Abgeschiedenheit von Norwegens Fjorden zu verbringen. Wie würde wohl das Wetter in Norwegen im Oktober sein? Neben warmer Kleidung wollte ich auf jeden Fall meine Schreibmaschine und genug Papier mitnehmen. Diese Aussichten belebten meine Fantasie. Ich begann in Gedanken damit, mein Reisegepäck zusammenzusuchen. Und wenn es eine Hexe ist, mit der ich die Hütte teile, meinte ich zu mir, dann verkrieche ich mich hinter meinen Büchern. Und wenn nicht, dann ... Hauptsache, ich kam hier mal weg!

Mit den nötigen Reisepapieren ausgestattet, verließ ich beschwingt das Reisebüro. Das wird ein Spaß, bestimmt!

Weit mehr als mein bevorstehender Urlaub beschäftigte mich immer noch die Frage, ob ich wirklich lesbisch war. Für mich gehörte dazu mehr als das Sexuelle.

Natürlich hatte der Sex mit Edelgard und besonders mit Annamaria ein anregendes Prickeln hinterlassen, ich empfand allein die Zärtlichkeit, mit der Frauen sich liebten, als anregender als den »immer gleichen Akt mit Männern«! Machte mich das allein schon zur Lesbe? Zudem stellte sich die Frage, ob ich lediglich einer »zeitweiligen Verirrung meiner Gefühlswelt« auf den Leim gegangen war.

Doch irgendwie mochte ich das nicht bestätigen. Mich drängte es nicht in die Arme eines Mannes. Viel mehr beobachtete ich, dass sich mein Blick auf das weibliche Geschlecht verändert hatte. Oder war es ganz anders? Fragen türmten sich und zerfielen im nächsten Augenblick zu Staub. Ich erkannte, dass mein Leben nur in einem Punkt eine Lüge war: Meine Gefühle Frauen gegenüber mussten schon immer ‚anders' gewesen sein! Männer kamen in der Biografie meiner Seele nicht wirklich vor. Was jetzt geschah, war die Wahrheit. Normal ist, was gefällt, fiel mir ein. Aber was gefiel mir? Homosexualität war in der Gesellschaft nach wie vor verpönt, wenn auch nicht mehr unter Strafe gestellt. Ich erinnerte mich deutlich eines schwulen Pärchens, das ich mal beim Knutschen an der Ampel gesehen hatte. Damals fand ich das befremdlich und überflüssig! Andererseits – wenn ich manche Heteros sah, die sich an gleicher Stelle ungeniert die Zunge in den Hals rammten, verging mir auch alles. »Ich würde nie in der Öffentlichkeit so rummachen«, stellte ich fest. »Soll jeder lieben, wen er will.«

Und wen liebst du, frage mich mein Gewissen. Darauf konnte es keine einfache Antwort geben. Aber ich versuchte es: Ich liebe Frauen, denke ich. Da kam mir eine

Unterhaltung in den Sinn, die ich beiläufig im Hexenkessel mitbekommen hatte. Magdalena, die alle Lena riefen, hatte erzählt, woran ihre langjährige Beziehung kaputt gegangen war: »Lina war lieb und zärtlich gewesen. Sie hatte nur einen Fehler. Sie konnte und wollte nicht akzeptieren, dass ich ein eigenes Leben vor ihr gehabt hatte. Sie war überall, wo ich hinging. Eifersüchtig wachte sie über jeden meiner Schritte. Sie akzeptierte niemanden neben mir und wenn ich mal allein sein wollte, zog sie eine Schau ab.«
Ihre Augen verdunkelten sich. »Ich hatte die Nase gestrichen voll. Ich sagte ihr, dass ich die Beziehung zu ihr beenden würde, wenn sich nicht endlich änderte. Sie hatte nichts Besseres zu tun, als mir eine Szene zu machen und zu keifen wie ein altes Weib. Wenn du dich von mir trennst, bringe ich mich um, hatte sie gemeint. Letztlich trennte ich mich von ihr, und siehe da, sie überlebte es!« Lesbische Beziehungen waren genauso kompliziert wie jede andere. Wenn ich an meine Ehe mit Johannes zurückdachte, hatte es auch einen Wendepunkt gebraucht, mich daraus zu lösen. Vielleicht wäre ich sonst heute immer noch unglücklich verheiratet, aber finanziell abgesichert.

Mercedes

Auf dem Weg zum Flughafen wurde mir mulmig. Was, wenn ich mich mit der Frau nicht verstand? Wir hatten ein paar Mal telefoniert. Ihre Stimme klang nett und sie schien intellektuell auf meiner Welle. Ihr Deutsch war besser als mein Portugiesisch. Die Besorgnis wich der Vorfreude. Ich war in ausgezeichneter Stimmung, als ich das Terminal betrat.

Der Reiseleiter empfing mich leutselig. »Ich möchte Ihnen die Dame vorstellen, mit der Sie die Hütte teilen werden.« Mercedes war wenige Jahre älter als ich, hatte einen warmen Händedruck und sah sympathisch aus. Kurzes brünettes Haar, schlanke Figur und ein offenes Gesicht.

Die Hündin, die sie bei sich führte, hörte auf den Namen Lina. Dustin beschnupperte sie neugierig. Meine Befürchtungen lösten sich in Wohlgefallen auf. Dann konnte das Abenteuer ja starten.

»Wir sollten die Hunde jetzt besser abliefern«, sagte Mercedes mit warmer Stimme.

»Dustin. Schau dir Lina an! Sie ist nicht so ein Angsthase wie du. Wir sehen uns in Norwegen, meine kleine Memme.« Er schlich mit eingeklemmter Rute in die Transportbox. Aber er kannte so etwas auch noch nicht.

Zu Mercedes gewandt meinte ich: »Ich denke, es ist einfacher, wenn wir das Sie sein lassen. Ich bin Katharina.«

»Ich heiße Mercedes.« Das rollende R erzeugte ein unbestimmtes Echo in meinen Ohren.

»Gemeinsames Überleben eines Abenteuers schweißt vielleicht zusammen«, meinte ich mit Blick auf die Hundeboxen, die jetzt auf dem Rollband hinter Plastikbändern verschwanden.

»Solange sich das nicht auf Vierbeiner beschränkt!« Sie lachte und ich musste zugeben, dass mir das Echo gefiel. Wenig später flogen wir in einen gemeinsamen Urlaub. Was uns wohl dort erwartete?

In Bergen wurden wir von einem Kleinbus mit weiteren Hobbywaldschraten, wie der Fahrer uns leutselig am Mikrofon begrüßte, über holperige Straßen durch eine herbstlich gefärbte Landschaft zu einem abgelegenen Feriendorf gefahren. Der Reiseleiter meinte, dass dort alles zu haben war, was man so brauchte. Sicher zu ganz anständigen Preisen, dachte ich. Was soll es? Einmal Urlaub auf anständig!

Die Sonne stand tief, als Mercedes und ich mit den Hunden vor der Hütte standen. Es gibt kein Zurück, dachte ich bei mir, als wir die Tür öffneten. Auf geht's!

Eine Petroleumlampe leuchtete die urige Hütte aus. Eine Essecke, einer Küchenzeile, ein Fernseheck mit Sofa. Unterm Dach lagen zwei getrennte Schlafräume, hatten wir im Prospekt gelesen.

Der Reiseleiter sah von mir zu Mercedes, verzog das Gesicht zu einem spöttischen Grinsen und zog die Tür hinter sich zu. Was der wohl dachte? Egal.

»Hier lässt es sich aushalten.« Ich streckte mich auf der Couch aus.

»Da kannst du recht haben.« Mercedes ließ sich neben mich fallen. »Eine Frage haben wir die ganze Zeit nicht geklärt: Wer kocht eigentlich? Ich bestimmt nicht, dann gibt es angebrannte Wassersuppe mit trockenem Brot.«

»Wenn wir nicht jeden Tag in das Restaurant gehen wollen, koche ich eben. Bislang bin ich nicht verhungert und geschmeckt hat es auch. Mercedes, Diät im Urlaub ist nicht wirklich meines.« Das vorhandene Angebot sollte für ein Abendessen jedoch ausreichen, befand ich nach einem Blick in den Kühlschrank. Vor dem Schwedenofen ließen wir den ersten Abend ausklingen. Nach dem aufregenden Flug und der langen Busfahrt schliefen sie einträchtig nebeneinander. Es ist wie zuhause, dachte ich, Stille, Feuer und ein gemütliches Heim. Einzig, ich war nicht allein.

Weit und breit gab es nicht viel mehr als Wald, Wald und noch Wald. Auf unserem Weg kamen wir an verstreut liegenden Häuschen vorbei, aus deren Schornstein Rauch aufstieg. So ganz allein sind wir hier also doch nicht! Eine Kneipe mit Restaurant, ein Laden mit Postschalter und

Münztelefon – das war alles. Ein teures Vergnügen, wie auch das Angebot im Laden.

Dustin war die Leine nicht geheuer, ich konnte ihn verstehen. Vielleicht gab es Artgenossen, mit denen sie spielen konnten. Ich blieb einen Augenblick stehen. Das Meer brandete wild und unheimlich an die Felsen, dass man es bis in den Wald hören konnte. Sonst war selige Ruhe um uns. »Wenn es wärmer wäre und statt der Fichten Pinienwälder gäbe, würde man glauben, wir seien Zuhause. Ich bin froh, dass ich mich zu dieser Reise überreden ließ.«

Mercedes sah mich an. »Wir werden viel Spaß haben und uns sicher gut verstehen.« Meinte ich das, oder entdeckte ich ein Leuchten in ihren Augen? Mir egal. Vorläufig.

Später saßen wir über einer Gebietskarte, die wir in der Tischschublade entdeckt hatten. Um uns herum Wald, Wasser und Weite. Genau das, was ich wollte.

Eines Abends nahm Mercedes ihre Gitarre zur Hand. Sie interpretierte die spanischen Weisen in einer Art, die mich sprachlos werden ließ. So etwas hatte ich zuvor noch nie gehört. Man konnte fast vergessen, dass draußen Herbst war. Während ich ihr lauschte, drängte es mich plötzlich, meine Hand auszustrecken. Das geht nicht, mahnte mein Hirn. Feigling, antwortete mein Herz. Was wusste ich denn, ob sie es falsch interpretieren würde. Mercedes war belesen und an Vielem interessiert. Sie gefiel mir mehr, als ich zugegeben hätte.

Ihr Witz war hintergründig und manchmal spitzzüngig. Mir wurde die Zeit nicht lang, wenn sie erzählte. In den ersten Tagen drehten sich unsere Gespräche um scheinbar Banales und erst dann zunehmend um Privates. Sie erzählte mir, dass sie eine langjährige Beziehung hinter sich hatte, deren Ende furioser war, als es nach außen den Anschein hatte:

Ihr Mann war schwul! Zumindest hatte er es so gesagt. Die ganze Zeit hatte sie es nicht bemerkt. Doch dann erwischte sie ihn mit einem gemeinsamen Freund in ihrem Ehebett. Er war gleichzeitig der heimliche Liebhaber ihres Mannes. »Ich fühlte mich missbraucht und verraten, wenn ich an die gemeinsamen Nächte dachte«, gestand sie mir. »Ich war entsetzt und zog mich verletzt zurück. Am Ende blieb mir nur die Trennung, um mich selbst schützen.«

»Komisch, dass du es nicht gemerkt hast. Im Allgemeinen sagt man doch, könnte man es sehr wohl erkennen, wes Geistes Kind jemand ist. Allerdings ...«

»Was – allerdings?« Mercedes sah mich erwartungsvoll an. »Sprich ruhig weiter.«

»Na ja, niemandem ist seine sexuelle Orientierung auf die Stirn tätowiert.« Mein Herz schlug für einen Moment aus dem Takt. Es beruhigte sich jedoch schnell wieder. Damit war für mich die Klippe umschifft. Denn beinahe hätte ich ihr gestanden, dass sie mich als Frau interessierte.

»Das stimmt natürlich auch wieder.« Ihr Blick verlor sich im Kaminfeuer. »Dennoch fühlte ich mich als Frau verraten. Wenn ich darüber nachdenke, schüttelt es mich. Sex zwischen Männern kann und will ich mir beim besten Willen nicht vorstellen.«

»Ich mir auch nicht.«

Ich hatte natürlich schon Schwule gesehen. Meine letzte deutsche Wohnung lag in einem Haus, in dem meine Nachbarn überwiegend schwule Pärchen waren. Mich hatte es so lange nicht gestört, wie ich nicht damit konfrontiert wurde. Nur zweimal wurde offenkundig, was ich für Nachbarn hatte.

»Einmal kam ich spätabends heim. Als der Aufzug hielt, stiegen zwei aufgeputzte Frauen aus. Dragqueens auf

Neudeutsch. Ich stockte im ersten Moment, fasste mich aber schnell wieder. Jeder wie er mag.

Das andere Mal war die Sache doch etwas heikler«, fuhr ich fort. »Eines Tages stiegen aus meinem Küchenabfluss Zigarettenkippen auf! Es stank widerlich und ich war erschrocken. Ich rief den Vermieter an. Wenig später wurde die Wohnung unter mir gewaltsam geöffnet. Sie war über und über mit Müll vollgestopft. Durch meterhohen Dreck verschafften sie sich Zugang zur Küche. Dort war schon lange kein Wasser mehr durch den Abfluss gegangen. Die Wohnung wurde zwangsgeräumt, da sich die Mieter aus dem Staub gemacht hatten. Der Vermieter ließ den Abfluss sanieren.«

»Das ist ja eklig!« Mercedes verzog das Gesicht.

»Ja, da gebe ich dir recht. Dafür bekam ich später einen Einblick in die Einrichtungskünste der neuen Mieter. Fantastisch, das war mal eine Wohnung! Sehr schick und überaus geschmackvoll eingerichtet.«

»Ja, man sagt Schwulen häufig einen guten Geschmack nach. Der Freund meines Mannes hatte wohl ein feines Händchen für die Wohnung. Das hat Detlef mir erzählt und damit sicher auf mein fehlendes Geschick angespielt.«

»Ach, Mercedes, Geschmack ist doch etwas sehr Individuelles. Guten Geschmack traue ich dir schon zu. Hättest du dich sonst auf ein Blind Date mit mir eingelassen?«, versuchte ich zu flirten.

»Das ist doch was ganz Anderes, Katharina. Ich liebe dieses Prickeln, sich auf Menschen einzulassen, die man erst nach und nach erkennt.« Sie nahm meinen leichten Ton auf.

»Kann aber auch ein Zwiebel-Verhältnis werden. Je mehr Schalen weichen, desto leichter fließen die Tränen«, konterte ich.

»Das will ich mal nicht hoffen. Ich erwarte da schon mehr.« Sie schaute mich an und da war ein verstecktes Lächeln in ihren Augen.

»Und was, wenn ich fragen darf?«

Jetzt war ich wirklich neugierig auf ihre Antwort. Doch sie erhob sich wortlos. An der Tür drehte sie sich noch mal um. »Was hältst du von einer Sauna?«

»Nicht die schlechteste Idee.«

Auf ihre Antwort musste ich wohl oder übel warten.

»Ich habe mich lange nicht mehr so wohl in meiner Haut gefühlt.« Mein Körper quittierte das ungewohnte Wechselspiel mit einer Erregung, die mir fremd geworden war. Wie gern hätte ich jetzt einen ebenso warmen Körper an meinem gespürt! Ich schloss die Augen und verweilte einen Augenblick bei der Vorstellung.

Mercedes rutschte plötzlich zu mir und massierte meinen Rücken. »Wo hast du das gelernt?«

»Fühlst es sich gut an?«

»Ist was für die Ewigkeit, doch ich mutiere dann zu einem Grillhähnchen.«

»Wohl eher ein nacktes Hühnchen«, verbesserte sie mich grinsend. Mercedes schnappte sich ihr Handtuch und machte den Ofen aus. »Dann lass uns abkühlen gehen. Wir waren viel zu lange hier drin.« Schade, dachte ich, die Massage war viel zu kurz!

Der Schwedenofen verbreitete eine wohlige Atmosphäre. Ich war müde, aber ich fühlte mich großartig. Die Hunde lagen entspannt zu unseren Füßen. Dustin und Lina vertrugen sich gut, sie passten zueinander. Wenn Lina von Dustin Junge bekäme, würden es sicher schöne Tiere, kam mir in den Sinn. Mercedes sah mit einem breiten Grinsen zu mir. »Ich könnte im Moment die ganze Welt umarmen.«

»Das dürfte dir schwerfallen.« Ich musste lachen. »Du wirst dich auf mich beschränken müssen.«

Nur langsam lösten wir uns voneinander. Ihre Augen strahlten mich vielsagend an. Sollte es die Antwort auf meine Frage sein? Ich drückte stumm ihre Hand, die plötzlich auf meinem Oberschenkel lag. »Was gibt das, wenn du fertig bist?«

»Wusste ich es doch«, schmunzelte sie.

»Was wusstest du, wenn ich fragen darf?«

»Ich denke, du weißt sehr wohl, was los ist.«

»Was soll ich dazu sagen? Das konnte ja keiner wissen.« Ich küsste sie zaghaft auf den Mund. »Ich glaube, ich bekomme grade das Gefühl, wirklich anzukommen.«

»Ich habe es gleich im Flugzeug gemerkt.«

»Und wie, wenn ich fragen darf? Ich habe kein Schild um.«

»Das bleibt mein Geheimnis.« Mercedes entzog sich meiner Umarmung. Das war eine unerwartete Wendung für meinen Urlaub. Für mein Leben auch?

In der Nacht hatte es angefangen zu regnen und es sah nicht so aus, als ob es bald wieder aufhören würde. Ich lag sinnierend auf der Couch ausgestreckt. Mercedes hatte sich am Tisch ausgebreitet. Sie war so ganz anders; sie entsprach so gar nicht meinen Erwartungen.

Aber ich war drauf und dran, mich wirklich in sie zu verlieben. Ein schönes Gefühl, wie ich befriedigt feststellen konnte.

»Wenn du mit den Gedanken wieder in der Wirklichkeit bist, könntest du mir beim Essen Gesellschaft leisten.« Sie lehnte über dem Kopfende der Couch und sah mich funkelnd an. Ich zog sie zu mir herunter und sie erwiderte meinen Kuss, leidenschaftlich, zärtlich und unglaublich warm.

»Komm, das Essen wird kalt!«
»Der Mensch lebt nicht vom Brot allein.«
»Wie soll ich das verstehen?«
»Das kommt darauf an. Aber erst, wenn ich gegessen habe.« »Mir steht der Sinn nach einer kleinen Nachspeise.« Es ist wie bei Annamaria, schoß es mir durch den Kopf, während wir uns auf dem Sofa niederließen. Mitten in die entstandene Stille hinein sagte Mercedes: »Ich habe mich in dich verliebt.«
»Dann sind wir schon zu zweit.«
Mercedes schaute auf die Uhr. »Uns tut ein Spaziergang an der Luft sicher gut. Es hat auch aufgehört zu regnen.«
Hin und saßen dort Angler. Das wäre nichts für mich. Ich konnte mir Schöneres vorstellen, als darauf zu warten, dass mir ein Fisch ins Netz geht. »Hast du Lust auf einen Kaffee? Wir könnten in die Kneipe gehen. Da sitzt sich bestimmt schön. Vor allem, wenn der offene Kamin brennt.«
Ich nickte. »Dann nichts wie ins Warme.«
Wir ergatterten einen Platz in dem urig eingerichteten Lokal. Die Hunde machten es sich unter der Holzbank bequem, während wir unsere Bestellung aufgaben.
»Ich bin froh, dich getroffen zu haben.« Mercedes sah auf die Hunde hinab, die friedlich schliefen. »Und, wie ich sehe, Lina auch.«
»Wenn die beiden sich gut verstehen, kann das ein gutes Zeichen für uns sein, oder?«
»Ein wenig früh für eine Prognose.« Wir hatten alle Zeit der Welt.
Wir saßen gerade bei der Tasse Kaffee, als unerwartet Besuch an den Tisch kam. »Dürfen wir euch Gesellschaft leisten?«, fragten uns zwei Männer, die das Flair kanadischer Holzfäller verbreiteten.
»Klar, setzt euch her.«

Dustin knurrte unwillig, ehe er sich unter die Bank verzog.

»Das Wetter riecht nach Schnee«, meinte der eine, der sich als Mike vorstellte. Er sei Ingenieur. »Mitte Oktober kann hier alles weiß sein.« Paul grinste schief.

»Ach, darauf kann ich verzichten«, meinte Mercedes. »Danach wird aber niemand gefragt«, kam es prompt zurück. »Eine Frage: Was macht ihr hier eigentlich?«

»Urlaub.« Ich sah zu Mercedes.

»Seid Ihr zusammen?«

Auf diese Frage hatte ich fast schon gewartet. Was sollte man darauf bloß antworten? Diese Frage hatte sich uns ja noch nicht einmal gestellt.

»Nun, ich habe diese Reise gebucht, nur so ganz ohne Reisebegleitung wollte ich auch nicht sein. Da habe ich im Reisebüro gefragt, ob sie mir nicht eine Entourage besorgen können.« Sie grinste.

»Ach, ich bin also der Hofstaat vom gnädigen Fräulein?«, unterbrach ich Mercedes und zog eine Grimasse.

»Wenn du es unbedingt so sehen willst!«

»Ihr seht mir eher aus wie ein verliebtes Pärchen«, meinte Peter lächelnd.

»Nicht wirklich«, antwortete ich unsicher.

»Da ist nichts dabei, Katharina. Peter und ich haben uns vor ein paar Jahren hier kennengelernt. Und seit dem ...«

»Ach, lass das, Mike. Das wollen die beiden sicher nicht wissen.«

»Auf Details kann ich verzichten«, warf Mercedes ein. »So wichtig ist das nicht. Hauptsache, es funkt.«

»Sehe ich auch so.« Mike wischte sich den Bierschaum aus dem Schnauz. »Normal ist, was gefällt.«

»Und was gefällt euch, Ladys?«

»Solche Fragen zumindest nicht wirklich.« Ich fühlte mich unbehaglich. Mercedes knuffte mich. »Nichts Genaueres weiß man nicht.«

Später auf dem Heimweg meinte sie: »Man darf alles essen, aber man muss nicht alles wissen.«
»Da widerspreche ich entschieden, meine Liebe. Ich weiß gerne, mit wem ich zusammenliege.«
»Mit mir, wenn du willst.«
»Ich möchte jetzt, heute Abend, mit dir schlafen.«
»So erfüllt sich meine Erwartung ja doch«, feixte Mercedes und legte den Arm um mich.

Mercedes Sinnlichkeit war unübertroffen. Ich fühlte mich das erste Mal nach Annamarias Tod absolut gut, müde und unendlich glücklich. Für mich war in Erfüllung gegangen, was ich mir mit Annamaria erträumt hatte. Annamaria! Wenn sie Mercedes gekannt hätte, sie hätte mich verstanden. Ich sah zu ihr hinüber. Sie schien mit ihren Gedanken weit weg.

»Du bist wahnsinnig. Ich bin heute zum glücklichsten Menschen geworden. Ich liebe dich, Maus.«

Sie sah mich an: »Du bist auch nicht von Pappe. Für mich bist du das Schönste, was mir je passiert ist. Es muss nicht vorbei sein, wenn unser Urlaub zu Ende ist.«

Daran mochte ich nicht denken. Ich genoss den Augenblick, das Morgen oder Übermorgen war mir gleichgültig. Statt einer Antwort drückte sie sich sanft an mich.

Das Feuer prasselte und leise Musik erklang im Hintergrund. Draußen war es inzwischen stockfinster, kein Laut drang zu uns herein. Mercedes sah mich ernst an. »Wir hätten uns viel eher über den Weg laufen müssen!«

»Lieber jetzt, als gar nicht.« Ich drückte sie an mich.

»Das ist wahr.« Sie lächelte. Ich sah in funkelnde Augen und drückte sie noch fester an mich. »Nicht gesucht und doch gefunden.«

»Wenn du nicht wärest, wäre es hier nur halb so schön. Weißt du, was ich jetzt will?«

»Ich kann es mir denken. Zaubern!« Ich drückte meine Zigarette aus, und dann versank alles um uns. Wir kamen erst zu uns, als wir es laut und vernehmlich klopfen hörten. Wer sollte das sein?

»Keine Ahnung, sollen wir aufmachen?« Mercedes erhob sich.

»Nein«, erwiderte ich. »Dieser Abend gehört uns.«

Mercedes sah mich an und ich wusste, dass dieser Abend noch lang und unglaublich schön werden konnte. Wie von selbst rutschten wir vom Sofa. Ich ließ mich rücklings auf den Boden gleiten. Mercedes lag auf mir und stemmte die Arme in den weichen Teppich. »Meine Zaubermaus.«

Mercedes lag mit ihrem Körper auf mir. Ich zog ihr T-Shirt hoch und spürte die weiche, warme Haut in meinen Händen. Sie streifte sich das T-Shirt über den Kopf und befreite mich von meinem Hemd. Unsere Körper schmiegten sich aneinander und mich überkam ein Gefühl der Einheit. Der Einheit von Körper, Geist und Seele.

»Lass uns gemeinsam das Erreichte genießen. Nicht hier und jetzt, sondern nachher noch.« Mercedes glitt mit ihrer Hand tiefer. Sie erreichte den Hosenbund und glitt hinein. Wohlig warm waren ihre Finger, die mit gekonnter Leichtigkeit tiefer drangen. Ich spürte nicht zum ersten Male dieses unbändige Verlangen, gleich hier und jetzt alles zu wollen. Ich hatte meine Hände ebenfalls auf die Reise geschickt und streichelte ihre seidenweichen

Schamhaare, kringelte sie verspielt um meine Finger und drang tiefer.

»Meinst du nicht, dass wir besser daran täten, wenn wir uns der restlichen Klamotten noch entledigen?«

»Das wäre eine gute Maßnahme. Ich möchte aber lieber umziehen.« Ich wies auf die Hunde, die friedlich dalagen. »Dann haben sie ihre Ruhe – und wir auch.«

»Weißt du, wo ich jetzt gern wäre?«

»Ich kann es mir denken.« Mercedes drückte ihre Zigarette aus. »Was kommt dann? Was wird aus uns, wenn wir zurück in Portugal sind? Du in Porto und ich in Afife.«

»Wir können uns sehen, so oft wir wollen.«

»Das reicht mir nicht. Was hältst du von einem Umzug nach Afife?«

»Was sagst du da?« Sie sah mich erstaunt an.

»Das Haus ist groß genug für uns zwei. Mein lebendiges Souvenir«, lachte ich.

Coming-out

Das Gefühl, zuhause zu sein, erfasste mich mehr als sonst. Mit meinen Gedanken war ich bei Mercedes und all den Erlebnissen, die ich aus diesem sonderbaren Urlaub mitgebracht hatte. Es kam mir vor wie ein Traum, aber es war Wirklichkeit! Bald schon würden wir hier gemeinsam leben und arbeiten. Ich freute mich darauf, auch wenn sich vor meine euphorischen Gedanken Fragen auftürmten.

Wie hatte es nur so weit kommen können, dass ich heute lieber mit einer Frau mein Leben verbrachte? Woher kam die Erkenntnis, lesbisch zu fühlen, also gleichgeschlechtlichen Sex dem »üblichen« vorzuziehen? Was hatte sich denn für mich geändert?

Hatte sich überhaupt etwas verändert, war es nicht vielmehr so, dass ich immer schon lesbisch empfunden habe, nur aus »Gewohnheit und gesellschaftlichem Druck« einer heterosexuellen Lebenslüge aufgesessen war? Habe ich es einfach nicht besser gewusst, wissen können? Was würde mein Umfeld dazu sagen? Würde mein Umfeld daran Anstoß nehmen, wie ich es aus Gesprächen im Hexenkessel gehört hatte? Oder würde es als »etwas Normales« gesehen werden? Wie würden meine Mutter, meine Schwester und meine Freunde darauf reagieren? Was, wenn ich auf Unverständnis, gar Ablehnung stoße? Wie würde ich damit umgehen? Waren meine Fragen normal, oder waren sie Zeichen meiner eigenen Unsicherheit?

Würde diese Liebe auch im Alltag bestehen können? Sollte ich offensiv damit umgehen? Wie sollte das gehen? Es wäre ja für jeden offensichtlich, dass ich mit einer Frau zusammenlebe. Da kamen automatisch Fragen auf. Und wie darauf antworten?

Mein Blick ging über das tiefschwarze Meer. Konnte es mir meine Fragen beantworten? Ich erinnerte mich der Worte der Matrone. »Es ist die eine, einzige und unverwechselbare Liebe, die uns ein Leben lang begleitet, auch wenn wir uns ihrer nicht bewusst sind.« War das der Schlüssel?

Wir liefen die Klippen hinunter ans Wasser. Die Wellen brandeten auf den Sand und spritzten weiß an die Felsen. Der Wind war kühl und salzig. Die Hunde rannten mit uns um die Wette. Ihnen gefiel das Leben, sie schienen glücklich miteinander zu sein. Würden sie richtig zueinanderfinden? Mal abwarten!

Nach dem Abendessen begannen wir, Pläne für die nähere Zukunft zu machen. »Was wollen wir Weihnachten machen?« Mercedes lag ausgestreckt vor dem Kamin.

»Was hältst du davon, wenn wir es für uns feiern. Letztes Jahr war ich weg gewesen. Diesmal möchte ich hier bleiben, mit dir.«

»Das ist eine gute Idee.« Mercedes legte noch ein Holzscheit nach und das Feuer prasselte laut. »Und Silvester könnten wir nach Porto fahren.«

»Das ist gut. Ich muss Ende des Jahres eh hin.« Ich rutschte zu ihr auf den Boden hinunter. »Dann können wir im Hexenkessel vorbeischauen und die Rodriguez besuchen. Von denen habe ich dir doch schon erzählt.«

»Ja, so machen wir es.« Sie blitzte mich an. Ihre Augen spiegelten das Kaminfeuer. »Ich liebe dich, Maus.«

»Ich liebe dich, mehr als ich zu hoffen gewagt habe, als wir uns kennenlernten. Es ist schön, nicht mehr allein zu sein.«

Mit diesen Worten zog ich sie auf den Teppich hinunter. Ich wollte diesen Augenblick genießen. Mercedes ließ sich auf den Rücken gleiten und hatte die Augen geschlossen. Meine Freude über die Gegenwart und die zu erwartende Zukunft begleitete mich in dieser Stimmung. Sie hatte eine samtweiche Haut, die warm unter meinen Händen lag. »Ich liebe dich, und ich möchte, dass dieser Augenblick niemals endet.«

Sie öffnete die Augen und sah mich an. »Ich liebe dich, wie ich es nicht beschreiben kann.«

»Dann versuche es erst nicht.«

Wie lange hatte ich darauf gewartet, mich zu fühlen? Ich war hier zwar glücklich gewesen, aber allein. Sollten die Jahre der Einsamkeit vorbei sein? Meine Hände suchten Wärme und Geborgenheit.

Ich ging auf die Reise und nahm Mercedes mit in meine Fantasie, die für mich zu einem wichtigen Bestandteil meiner Gefühlswelt geworden war, nicht zuletzt durch sie. Uns machten die gleichen Dinge Spaß. Sie verstand es, mich zum Glühen zu bringen. Ich hatte das Gefühl auf Wolken zu liegen. Mein Körper weigerte sich, festen Boden unter sich zu spüren.

»Du hast mir nicht nur den Kopf verdreht«, raunte ich. »Die ganze Welt scheint sich grad andersrum zu drehen. Aber es fühlt sich Richtigrum an. Endlich.«

So vieles hatte sich verändert. Meine Welt hatte sich verändert. Nichts mehr war, wie es mal gewesen war. Aber es fühlte sich gut an. Das Wichtigste: Ich war nicht mehr allein. Mit einem ersten Kaffee stand ich auf der Terrasse und sah den Hunden hinterher, die ungestüm in den Morgen rannten. Dustin und Lina tollten ausgelassen am Strand herum. Sie würden sich fortan Schlafplatz und Fressnapf teilen. Und ich? Mercedes? Ja, wir würden es fortan auch tun, Bett und Tisch teilen.

Bislang wusste niemand von den Veränderungen, die sich in meinem Leben eingefunden hatten. Weder meine Familie noch die Freunde in Deutschland. Es war mir gelungen, mein »Neufühlen« versteckt zu halten. Doch wie lange noch? Und dann?

Konnte und musste ich mich outen? Und wenn Ja, Wie? Ich konnte doch schlecht darauf warten, dass sie mit der Nase drauf stießen! Was ist nur mit dir los, in letzter Zeit? Und dann die Fragen: Wie stellst du dir das vor? Was sollen denn die Leute sagen? Du kannst doch nicht! Das ist doch ... Aber warum sollte ich nicht so leben können, wenn es für mich richtig war? Ich hatte plötzlich einen Kloß im Hals.

Es ist nicht damit getan, für sich herauszufinden, was richtig ist. Das »neue Leben« berührte auch das Leben der

Anderen. Für den Einen oder Anderen würde es sicher ein Schock, denn Homosexualität war nie Thema gewesen. Ich wusste nicht einmal, wie sie generell zu Schwulen oder Lesben standen. Wie also sollte ich ihnen erklären, dass ich fortan so lebte, wie ich es mir vorstellte? Gottlob war ich weit weg. Doch irgendwann würde ich Farbe bekennen müssen!

»Woran denkst du?« Mercedes stand plötzlich mit einem Kaffeebecher hinter mir.

»Ach, nichts.« Ich räusperte.

»Ist es wegen mir?« Mercedes sah mich fragend an.

»Nein, mein Schatz.« Ich fasste mich. »Für mich ist alles, wie es sein soll. Doch ...«

»Jetzt verstehe ich.« Mercedes setzte sich auf die Holzbank und stellte ihre Tasse auf dem Tisch ab. »Du hast Angst.«

»Nicht direkt, Mercy.« Ich ließ mich ihr gegenüber nieder. »Ich fühle mich wohl mit dir. Es ist so, wie ich mir das vorstelle. Doch wenn ich an Andere denke, zum Beispiel meine Familie, dann kriege ich Panik.«

»Das verstehe ich nur zu gut, Katharina.« Es kam eigentlich nicht vor, dass sie mich mit meinem Vornamen ansprach. Das klang so ernst, als hätte ich etwas ausgefressen.

»Das habe ich hinter mir. Meine Eltern waren not amused, um es neudeutsch zu sagen. Sie haben lange gebraucht zu verstehen. Doch heute wissen sie, es ist in Ordnung, wie es ist.«

»Und doch frage ich mich, warum ich mich erklären muss. Wenn ich irgendeinen Mann als Partner präsentieren würde, krähte kein Hahn danach. Außer der Mann passt ihnen nicht. Und trotzdem scheint es etwas Anderes zu sein und wird weitere Fragen nach sich zu ziehen.«

»Das ist leider wahr.« Mercedes nahm ihre Kaffeetasse. »Möchtest du auch noch einen?«

»Gerne.« Ich lehnte mich zurück und blickte über meine Bucht. »Ich habe, was ich wollte. Und doch fehlt noch was.«

»Das Erkennen des eigenen Weges ist nur der erste Schritt. Wenn du ihn nicht allein gehen willst, musst du die anderen von eben jenem Weg überzeugen. Gehen sie ihn mit dir, ist es in Ordnung. Begleiten sie dich nicht, ist es auch gut.«

»Du lebst tatsächlich noch!«, tönte es aus dem Telefon. Ich lachte. »So schnell stirbt sich nicht, Iris.«

»Unverhofft kommt oft. Deine Mutter hat mir deine Nummer und deine Adresse gegeben. Ich wollte dir schreiben, aber ich bin zur Zeit eingebunden in Arbeit, Arbeit, nichts als Arbeit. Klaus und ich werden im Mai heiraten.«

»Na endlich!« Ich freute mich für sie beide. »Das wurde Zeit.«

»Ich wollte dich fragen, ob du zu unserer Hochzeit kommst.«

Welche Frage! Natürlich. Dann fiel mir Mercedes ein. Mist! Jetzt komme ich aus dieser Nummer wohl nicht mehr raus! Jetzt werde ich Farbe bekennen müssen!

»Ist was, Kathrin? Du sagst gar nichts«, kam es verstört aus dem Hörer.

»Nein, Iris, es ist nichts«, brachte ich halbwegs unfallfrei über die Lippen, während ich mich auf den Schreibtischstuhl gleiten ließ. Sie war für mich in der Jugendzeit der wichtigste Mensch gewesen. Aber würde sie mich verstehen, wenn ich ihr sagte, ich lebte jetzt mit einer Frau zusammen, weil ich nicht mehr hetero, sondern homosexuell empfand? »Es ist nur ...«

»Na, so schlimm wird es nicht sein, Kathrin, raus mit der Sprache.»Hast du was ausgefressen?«

»Nein, sicher nicht. Aber – ach, wie soll ich es sagen? Nun gut, du willst es nicht anders. Iris, ich habe eine Freundin. Mercedes.«

»Liebst du sie?«, kam wenig erstaunt aus dem Hörer.

»Wenn du so direkt fragst, ja. Ich liebe sie.«

»Überrascht mich nicht wirklich, Kathrin. Und, nein, ich finde es nicht schlimm. Es ist absolut in Ordnung.«

Mir fielen ungezählte Steine von der Seele! »Wie, es überrascht dich nicht?«

»Das kann ich dir auch nicht so genau sagen, aber irgendwie ist das nicht neu für mich.« Iris Stimme klang nachdenklich. »Du warst immer schon ein wenig anders, als mancher dachte. Und da verwundert mich es nicht. Wenn Mercedes dir guttut.«

»Ich denke doch.« Mein Herzschlag beruhigte sich. »Es hat sich viel getan, seit wir das letzt Mal telefoniert haben. Ich bin froh, dass du das so locker siehst, Iris.«

»Du hast dich doch nicht verändert, du hast nur zu dir selbst gefunden. Bringst du sie mit?«

»Ich hatte nicht die Absicht, Mercedes hier zu lassen.« Ich lachte. »Wenn du sie siehst, wirst du mich verstehen.«

»Das muss ich mir erst überlegen.« Ich hörte, wie sie sich eine Zigarette anzündete. »Etwas Anderes. Das war eigentlich der Grund meines Anrufes. Wir möchten, dass du in der kirchlichen Trauung die Fürbitten sprichst. Niemand kann das so wie du.«

»Darüber lässt sich reden, meine Liebe. Ich lass mir was Spezielles einfallen.« Vor meinem geistigen Auge segelte gerade ein weißes Segelboot in einen fantastischen Sonnenuntergang. »Lass dich überraschen.«

»Ich freu mich auf dich.«

»Klar komme ich mit.« Mercedes lachte. »Oder meinst du, ich wollte auf dich allein hochzeiten lassen?«

Ende April würden wir nach Deutschland fliegen. Ich wollte die rheinische Letsch nicht verpassen, die dem Junggesellendasein meiner Freundin ein würdiges Ende setzen sollte.

»Wie du das machst! Ich wäre nicht auf die Idee gekommen, die Beziehung als einen Segeltörn zu beschreiben.«

Ich wies auf den Großsegler, der gerade am Horizont vorbeizog. »Es heißt doch nicht umsonst in den Hafen der Ehe einfahren.«

»Das ist wahr«, erwiderte sie. »Ob sich das als Beitrag für die Trauung eignet, wage ich zu bezweifeln.«

»Gewagt ist es sicher. Vielleicht fällt mir noch was Besseres ein.«

Mercedes warf einen Blick auf das Blatt. »Kann ich mir nicht vorstellen. Lass es so.«

Ich legte das Schreibzeug beiseite und reckte mich ausgiebig. »Es ist spät geworden, lass uns reingehen.«

»Wie Madame wünschen!« Mercedes grinste.

Eine rheinischen Letsch war für mich neu. Meiner eigenen Heirat war ein Polterabend vorangegangen, bei dem offensichtlich nicht genug Porzellan zerschlagen worden war.

»Wir finden es doof«, verriet Iris uns, als wir noch vor den ersten Gästen in dem Jugendzentrum eintrafen, wo die Party stattfinden sollte.

»Wie ich sehe, geht es dir gut.« Iris sah mich prüfend an.

»Es könnte mir nicht besser gehen. Du siehst auch nicht unglücklich aus.«

»Ich bin total im Stress, was die Hochzeit angeht. Ich freue mich darauf. Und das ist es, was zählt.«

»Da hast du Recht.« Ich sah mich suchend um. »Wenn ich Mercedes nicht hätte, wäre mein Leben nur einen Bruchteil so schön.«

»Du hast dich sehr zu deinem Vorteil verändert«, sagte Iris. »Mercedes scheint einen guten Einfluss zu haben.«

»Sie ist Gold wert. Wenn ich könnte, wie ich wollte, würde ich an eurer Stelle heiraten.« Mercedes sah mich aus ihren großen Augen an. »Das ehrt mich gewaltig. Die Idee könnte von mir sein.«

»Es kommt die Zeit, in der eine Heirat zwischen Homosexuellen nicht ausgeschlossen ist. Dann möchte ich aber Trauzeuge sein.
Das ist klar.«

»Jetzt seid Ihr erst einmal dran. Und wir müssen halt noch ein Weilchen warten.«

»Du, Kathrin.« Mercedes sah zu mir herüber. »Das, was ich zu Iris gesagt habe, ist mein voller Ernst.«

»Das glaube ich dir gerne.« Ich drehte mich zu ihr und küsste sie sanft auf die Stirn. »Daraus wird aber vorläufig nichts werden. Schade! Die Vorstellung, mit dir verheiratet zu sein, ist irre.«

»Vielleicht geschehen noch Zeichen und Wunder.«

Die Hochzeit von Klaus und Iris wurde für mich ein schönes Erlebnis, der Höhepunkt unseres Besuches. Iris sah umwerfend aus in ihrem weißen Kleid, es unterstrich ihren zierlichen Wuchs.

Klaus machte in seinem Anzug eine gute Figur. Hatte es in der Vergangenheit zwischen ihm und mir häufiger gekracht, war ich heute froh, dass sich unser Verhältnis stabilisiert hatte. Ich beneidete ihn um seine Frau.

»Pech gehabt, die gehört mir«, erwiderte er lachend.

»Viel Glück euch beiden«, sagte ich noch, ehe die gesamte Hochzeitsgesellschaft in die Kirche trat.

Es war eine tolle Trauung. Wer hat das Glück, mit einem life gesungenen Ave Maria in die Ehe geführt zu werden?

Ich hatte einen Frosch im Hals, der sich noch verstärkte, als mir das Zeichen gegeben wurde, dass ich dran sei. Ich nahm allen Mut zusammen, ging nach vorn, und stand den beiden direkt gegenüber.

Dann, erst langsam und leise, bis ich meine innere Ruhe fand, begann ich mein Gedicht vorzutragen.

Mir schien es eine halbe Ewigkeit zu dauern, bis ich die letzte Zeile hinter mich gebracht hatte. Mein Herz klopfte bis zum Hals, ich hatte das Gefühl, um mich herum würde alles dunkel. Dann hatte ich es geschafft.

Noch als ich auf meinem Platz angekommen war, spürte ich mein Herz bis in den Hals schlagen. Gott sei Dank, dachte ich bei mir, es ist vollbracht.

Ich dachte an all das zurück, was mein Leben grundsätzlich verändert hatte. An das Fischerdorf und meine Bucht, die mir zur Heimat geworden war.

An Klaudias plötzliches Auftreten, die aufkeimenden, homoerotischen Empfindungen, die ich mit ihr verband. Ich dachte an Lissabon und Edelgard und die ersten Kontakte mit der lesbischen Liebe.

Meine Gedanken gingen zu Annamaria, die viel zu kurz gelebt hatte. Dafür um so intensiver an meinem lesbischen Coming-out teilgehabt hatte; an ihren plötzlichen Tod, an Norwegen und nicht zuletzt an Mercedes, die neben mir im Flieger saß.

Ich dachte an die Worte meiner Mutter. »Du musst wissen, was richtig ist. Nachvollziehen kann ich das nicht. Und hören will ich jetzt nichts mehr davon.«

Damit war das Thema für sie durch gewesen! Traurig und enttäuscht hatte ich jeden weiteren Versuch unterlassen, über mein Leben und meine Art dasselbe zu lieben, zu reden. Warum konnte sie mich nicht annehmen, wie ich war? Wenigstens hatte sie sich die üblichen Plattitüden verkniffen! Würde ich jemals mit ihr offen darüber reden können?

Für diesen Moment musste ich es sein lassen. Vielleicht brauchte es einfach mehr Zeit als zwischen zwei Tassen Kaffee, zu verstehen, dass Homosexualität weder verwerflich war, noch aus mir einen schlechteren Menschen machte.

Ich hatte endlich meine wahre Identität gefunden und war nicht mehr allein in meiner Welt. Ich hatte gefunden, was ich für mich gesucht hatte: Geborgenheit in einer Partnerschaft, die tiefe Liebe zu einer Frau und die Zärtlichkeit, die ich nicht mehr missen wollte!

Glücklich blickte ich auf die weiße Wolkendecke hinab, über der uns die Sonne entgegenlachte. Da entdeckte ich eine Wolkenformation, die mich innehalten ließ. Die sieht aus, als sei es jene Matrone vom Cabo da Roca, stutzte ich. Mich fröstelte, während ich ihr in die Augen zu blicken glaubte. Sie zwinkerte mir zu.

Durch das Raunen der Flugzeugmotoren vernahm ich plötzlich ihre Stimme. »Auf der Suche nach sich selbst ist der Mensch ein Leben lang. Mancher findet im Laufe der Zeit zu einem Menschen, mit dem er sich identifizieren kann. Andere suchen vergebens, weil sie mit ihrem Spiegelbild nicht zurechtkommen.«

Epilog

Eine Autobiografie schreiben doch nur Menschen, die schon ein ganzes Leben hinter sich und der Welt etwas Wichtiges mitzuteilen haben! Doch manchmal hat man auch nach der Hälfte etwas zu sagen. Was dem Einen wichtig erscheint, lockt den anderen kaum hinterm Ofen vor. Als diese Zeilen entstanden, war es mir wichtig, sie aufzuschreiben, ohne den Anspruch, daraus Zeilen für andere zu machen. Heute denke ich: Sie können vielleicht auch dem einen oder anderen helfen seinen eigenen Weg zu gehen.

Warum erst jetzt? Die Zeit war damals nicht reif dafür, deshalb habe ich diese Geschichte so lange ruhen lassen. Die aktuellen Entwicklungen haben mich aber darin bestärkt, dass sie es wert ist, heute erzählt zu werden.

Mein Coming-out nahm vor gut 25 Jahren seinen Anfang am Cabo da Roca. Das westliche Ende der Alten Welt ist Synonym für das Dahinterliegende, das Versteckte, die Überwindung ursprünglicher Pfade. Der Fels markiert den Punkt, den einen Schritt zu tun, der das weitere Leben verändert, so oder so.

Jedes Coming-out geht seinen eigenen Weg. Heute ist es in aufgeklärten Gesellschaften kein »großes Ding« mehr, sich als homosexuell zu outen, es kommt ganz auf das Gegenüber an. Damals war es ein Stück weit anders. Zu dem zu stehen, was man fühlt und denkt, war nicht immer leicht. Es wurde viel hinter vorgehaltener Hand gemunkelt, Schwule präsentierten sich oft demonstrativ, Lesben nahm man kaum wahr. Und »aufgeklärt« wurde auch nicht.

Ich hatte zuvor überhaupt keinen Bezug dazu. Es war sogar viel mehr so, dass ich Schwule, die sich öffentlich an einer Kreuzung geküsst hatten, als »was ist das denn«

angesehen habe. Ich war naiv und dumm, wahrscheinlich. Zumindest hatte es »so etwas« zuvor nicht in meinem Weltbild gegeben. Als ich aber mit der Nase drauf gestoßen wurde, brauchte Zeit verstehen zu lernen. Es ist die Erkenntnis: Wer bin ich, wer will ich sein. Und ich habe meine Lektionen gelernt.

Heute lebe ich im Süden Ungarns mit meiner Partnerin in einer »eingetragenen Lebenspartnerschaft«, gemeinhin auch Homo-Ehe genannt. Ich bin Ich, wie ich bin, mit allem, was zu mir gehört, und es ist gut so. Und es dauert so lange, wie es dauert. Die Geschichte um mein Zu-mir-selbst-Stehen ist einzigartig im Sinne von: So habe ich es erlebt. Am Ende steht der Satz: Ich lebe, wie ich liebe, und es ist gut so.

Ein Wort zum Schluss

Ich will ganz einfach DANKE sagen.

An erster Stelle muss Marlies Hanelt erwähnt werden, ohne sie wäre dieses Buch nie gedruckt worden! Danke für die Unterstützung und den Glauben an mich und dieses alte Stück Erinnerung. Das gilt auch für Petra Steuer, die das Skript Korrektur gelesen hat. Auf dem Auge ist der Autor bekanntlich blind. Ebenso danke ich Thorsten Jurai für das passende Cover. Ich wäre dran gescheitert. Sowie Daggi Geiselmann, der ich viel verdanke. Mein Dank gilt selbstverständlich und insbesondere meiner Partnerin, die mich bei meinem Vorhaben unterstützt hat. Ich kann das gar nicht hoch genug einschätzen. Danken möchte ich nicht zuletzt meiner Mutter, die inzwischen, wie ich selbst, dazugelernt und verstanden hat. Normal ist, was gefällt. Aber das ist eine andere Geschichte ...